人一生要读的古诗词

秦　圃　注译

民主与建设出版社

图书在版编目（CIP）数据

人一生要读的古诗词 / 秦圃注译 -- 北京：民主与建设出版社，2019.1

ISBN 978-7-5139-2062-9

Ⅰ．①人… Ⅱ．①秦… Ⅲ．①古典诗歌－诗集－中国 Ⅳ．①I222

中国版本图书馆CIP数据核字(2018)第286053号

人一生要读的古诗词
REN YI SHENG YAO DU DE GU SHI CI

出 版 人 李声笑
总 策 划 丁焕朋
注　　译 秦　圃
责任编辑 刘树民
封面设计 三石工作室
出版发行 民主与建设出版社有限责任公司
电　　话 （010）59417747　59419778
社　　址 北京市海淀区西三环中路10号望海楼E座7层
邮　　编 100142
印　　刷 三河市天润建兴印务有限公司
版　　次 2019年3月第1版　2021年7月第3次印刷
开　　本 630mm × 910mm　1/16
印　　张 12印张
字　　数 188千字
书　　号 ISBN 978-7-5139-2062-9
定　　价 59.80元

注：如发现质量问题，请联系调换。电话：010-59424657

前　言

古人说，不读诗词，不足以知春秋历史；不读诗词，不足以品文化精粹；不读诗词，不足以感天地草木之灵；不读诗词，不足以见流彩华章之美。

中国是一个“诗歌的国度”，古典诗词是中国传统文化的奇葩，是我们民族文化遗产中极为珍贵的一部分。早在3000年前，我们的祖先就创作出了以《诗三百》为代表的优秀诗篇，此后每个历史时期，诗歌创作都结出了丰硕的成果，其中不少名篇佳句脍炙人口，传诵至今。

诗词是传统文化的精粹所在，中国古典文学发端于上古三代，历周秦诗风之初立，孔子删诗书，对《诗经》的确立起了关键作用，遂有“诗教”之说。后经过汉代的发展，散体大赋渐趋成熟，流彩华章，大汉气象，可知辞赋文章亦皆能吟春秋。迄汉末，以《古诗十九首》为代表的五言诗兴起，堪称“五言之冠冕”，后世诗人莫不吟诵。之后历魏晋建安文坛与六朝诗人的发挥，中间乐府诗纵贯数百年而不衰。及至唐代，盛世华彩，一时间国人识字解文者无不能读诗写诗，有唐不足三百年，留下来两千多位诗人的近五万首诗作。唐末五代，诗风不衰，转而长短句大兴。到了两宋，一发不可收拾，其词风一半是山河壮烈，一半是风花雪月，后世人遂约略以豪放和婉约两派相称，词更被冠上“宋词”之号，凡有井水处，皆有词可咏唱。元代文人无所用其长，转而致力于元剧之作，其流行之盛况空前，雅俗共赏，至于塞外古道、市井勾栏，无处不见；达官贵戚、胡汉民氓，悉皆能论。散曲小令虽不及唐诗之绚烂，宋词之流媚，却活泼别致，兼有西风瘦峻之气，成为中国文学史上的又一朵奇葩。明、清两代，诗文辞赋亦多佳作，其中尤以清纳兰性德之词见长。王国维称：“纳兰容若以自然之眼观物，以自然之舌言情。此初入中原未染汉人风气，故能真切如此，北宋以来，一人而已。”

中国人的每一种心境，似乎都被古诗词吟咏过了。读这些古诗词的时候，自豪之情会油然而生，这就是中国人对古诗词的热爱之情。这种感情由来已久，人们从先秦的田野牧歌之中采撷快乐与甜美；从两汉辞赋当中感受大汉400年的盛世传奇；从乐府诗中体验先民生活的朴素美好；从魏晋诗文中品味中华风骨；从唐诗中倾听大唐帝国的盛世欢歌；从宋词中体会那份凝结在文字中的美丽与哀愁；从元曲中获得直抵心灵的感悟；从纳兰词中发现大清第一词手的词文之美。今天，随着古典文化风潮的再度兴起，中国人阅读古典诗词的热情亦空前高涨。读诗词更要懂诗词，即好读诗词也要有所选取，最忌滥读。为了让读者一次性读完最好的古典诗词，我们编写了这本《人一生要读的古诗词》。本书按照时间顺序，兼及诗文体裁，收录了历代在思想上和艺术上具有极高成就的古诗词，包括《最美是〈诗经〉》《佳赋奇葩，独秀芳华》《乐府诗香醉千古》《魏晋诗文，中华风骨》《大唐诗情，盛世华章》《宋词的美丽与哀愁》《元曲，触及心灵的浅吟低唱》《一生最爱纳兰词》8个篇章，包括了各个时期文学史上著名诗人和词人的佳作，是古诗词爱好者的枕边书，可做囊中之宝、案头之珍。

为了帮助读者提高阅读效果，本书还设置了“注释”“赏析”栏目，其中，注释将难理解的字句作解释，扫除阅读障碍，方便阅读；赏析则对这些经典名篇的内容与主旨进行传统解析，间或增补一些史实或诗文旧事，有利于读者更深入地领悟传统文化的意蕴。由于古诗词多难字，读者往往不会念或不认识，影响阅读，因此，我们对诗词中出现的一些难字、生僻字进行注音，并对其字形、字意加以解释，以降低阅读难度，提升学习兴趣，方便读者更加深入地了解和把握古诗词。

古典诗词，是穿越千年依然至美的风景；是流传百代依然至纯的感情。它是中华民族永远的情感库藏，是历代中国人灵魂深处的至爱。惬意人生，哪能无诗词相伴？在这个时代，幸好还有古诗词，让我们去追忆曾经的美好……

目　录

第五篇　大唐诗情，盛世华章

第六篇　宋词的美丽与哀愁

第七篇　元曲，触及心灵的浅吟低唱

第八篇　一生最爱纳兰词

第一篇

最美是《诗经》

周　南

关　雎

关关雎鸠①，在河之洲。
窈窕淑女，君子好逑②。
参差荇菜③，左右流之④。
窈窕淑女，寤寐求之⑤。
求之不得，寤寐思服⑥。
悠哉悠哉，辗转反侧。
参差荇菜，左右采之。
窈窕淑女，琴瑟友之。
参差荇菜，左右芼之⑦。
窈窕淑女，钟鼓乐之。

【注释】

①关关：鸟鸣声。雎鸠：一种鸟。相传此鸟情意专一，生死相伴。②逑：配偶。③荇菜：一种水草。④流：求。⑤寤寐：醒来和入睡。⑥思服：思念。⑦芼：摘取。

【赏析】

这首《关雎》是《诗三百》中最著名的一首，诗的内容很单纯，描写了君子对淑女的爱慕之情以及追求不得的苦恼与哀愁。古时被认为是歌颂“后妃之德”的，但后人一般视其为周秦爱情诗的典范。

关关和鸣的水鸟，相伴栖居在河中沙洲。那善良美丽的姑娘，是君子的好配偶。在船左右两边捞那长短不齐的荇菜，那善良美丽的姑娘，醒来睡去都想追求她。思念追求却没法得到，深深长长的思念啊，让人翻来覆去难以入睡……

在盈耳的鸟鸣声中，我们似乎不经意跨越了两千多年的历史，来到这片长满荇菜的沙洲，观望到两千多年前的淑女与君子的绵绵爱情。“关关雎鸠，在河之洲。”田野之中，空气清新，雎鸠和鸣，河水微澜，古朴单纯的情愫就以这样的暖色调渐渐氤氲开来。河岸之上，徘徊的小伙子对着河心发呆。密密麻麻的荇菜如翠玉凝成，青青成荫，它们的茎须在流水的冲刷下参差不齐。涟漪缠绵，那个勤劳美丽的姑娘已经闯进他的心怀。姑娘穿着和荇菜一样色泽的裙子，在水边采摘青青的荇菜。荇菜上开着黄色的小花，和姑娘一样自然、美好。夜深的时候，“求之不得”的思念与忧愁令他辗转反侧，不能入眠。

在先秦时期，各地都有民谣，或者叫风。《诗经》中的“风”的意思就是各地的民歌，当时有专门的采集者到各地去收集歌曲。《汉书·食货志》中就有明确的记载：农忙时，周朝廷就派出专门的王官（采诗官）到全国各地去采集民谣，目的是了解民情。

从《关雎》可以看出，先秦之时，情窦初开的青年男女相思之情坦率，毫不掩饰自己的情感。在面对真爱时，相对古人来说现代人有时反而少了那份勇敢。“窈窕淑女，琴瑟友之。”这也成为历代相互倾慕的青年男女表达内心情感的一种方式，众所周知的就有司马相如与卓文君的千古佳话，司马相如在卓府的一曲《凤求凰》换来了卓文君跟随相如私奔。

《关雎》的美妙，不仅美在窈窕，美在寤寐思服、辗转反侧的相思想念，美在琴瑟友之、钟鼓乐之的希望，更美在最初时候的那份在河之洲、左右流之的不可得。“文似看山不喜平”，《关雎》有这段“不得”，整首诗一下子鲜活丰富起来。

现代著名作家沈从文说“美都是散发着淡淡的哀愁”。《关雎》所体现出来的美天生带了一份哀愁，淳朴而高贵。

葛覃

葛之覃兮①，施于中谷②，维叶萋萋③。
黄鸟于飞④，集于灌木⑤，其鸣喈喈⑥。
葛之覃兮，施于中谷，维叶莫莫⑦。
是刈是濩⑧，为絺为绤⑨，服之无斁⑩。
言告师氏，言告言归。

薄污我私，薄浣我衣⑪。

害浣害否⑫？归宁父母⑬。

【注释】

①葛：麻，又叫夏布。覃（tán）：长，延长。②施（yí）：蔓延。③萋萋：茂盛。④黄鸟：黄雀。⑤集：栖止。⑥喈喈：鸟鸣声。⑦莫莫：茂盛的样子。⑧濩（huò）：热水煮物，即将葛放入水中煮。⑨絺（chī）：细葛布。绤（xì）：粗葛布。⑩斁（yì）：厌倦，厌弃。⑪浣：洗涤。⑫害：通“曷”，何。⑬归宁：回家安慰父母。

【赏析】

《毛诗序》中认为这首诗是赞美后妃美德的，后妃出嫁前“志在女工之事，躬俭节用，服浣濯之衣，尊敬师傅”，就是为天下的妇女做个好榜样，大家跟着学，达到教化目的。但我们更愿意相信诗中这位欢乐劳作的女子来自民间。关于这首诗的理解，没有比余冠英先生的释义更清澈更让人动心的了：葛藤枝叶长又长，嫩绿叶子多又壮。收割水煮活儿忙，细布粗布分两样，做成新衣常年穿。女子劳作并不稀奇，《诗经》中的劳作处处可见，劳作与风雅相结合才是风景。

孔子曾说过，《葛覃》唱的是先民最初的志向。看见美好的事物溯本思源，穿上衣服想起辛勤劳作的女子，这是人人都有的朴素情感。作为男人，穿上“她”用心制成的衣裳，不管是一件貂皮大衣，还是一件简单的粗布衣服，那种直抵人心的温暖就是一股无法替代的力量。

先秦女子朴素的劳作故事一直流传，即使是贵族女子，在出嫁之前也须“十年不出……学女事，以共衣服”。葛布粗裳的简单生活虽然没有丝绸般的光彩和华美，却是柔软坚韧、悠远绵长。

“葛之覃兮，施于中谷，维叶萋萋。黄鸟于飞，集于灌木，其鸣喈喈。”寥寥数语，便是一种境界；数千年后，劳作者在葛藤间的歌唱，依然悦耳动听。连以古板著称的经学家们也认为，《葛覃》中是以葛藤来比喻女子的缠绵柔情，以葛叶来比喻女子的容颜美貌，以黄雀的歌唱比喻女子的纯真与欢乐。

卷耳

采采卷耳①，不盈顷筐②。
嗟我怀人，置彼周行③。
陟彼崔嵬④，我马虺隤⑤。
我姑酌彼金罍⑥，维以不永怀。
陟彼高冈，我马玄黄⑦。
我姑酌彼兕觥⑧，维以不永伤⑨。
陟彼砠矣，我马瘏矣⑩。
我仆痡矣，云何吁矣！

【注释】

①卷耳：苍耳的古名，其果实上布满小刺叶子。②顷筐：斜口浅筐，前低后高，也就是如今的畚箕。③周行：大道。④陟：登高。崔嵬：山高不平。⑤虺隤：疲极而病。⑥罍：一种盛酒器皿。⑦玄黄：马过劳而眼花。⑧兕觥（sì gōng）：一种饮酒器具。⑨永伤：长久思念。⑩瘏：马因疲劳生病。

【赏析】

卷耳普通到山间田头随处可见，但诗人含情脉脉地把它表述为有情之物——卷耳漫山遍野，对远方的人的思念也蔓延无边。

本诗的大意是讲女子正在采摘卷耳，她把采到的卷耳放进自己身后的筐中，采了很久，仍然没有满筐。女子思念远行的丈夫，显得有些心不在焉，于是放下筐子，在路边眺望远方的人。一男子艰难地走在征途古道上，那场景可以说得上悲怆。仆夫病倒，马儿也将要倒下，男子姑且喝尽杯中之酒，来消解难耐的思念，长路漫漫，该怎么办？要是这杯中之酒不能够浇灭人的思念，那么真的想换上更大的犀角巨觥，因为这悲怆铺天盖地而来，这长久的思念无以释怀！

历代不乏表达相思之情的诗作，“明月高楼休独倚，酒入愁肠，化作相思泪”，“不耐相思酒消愁”“髻子伤春慵更梳，晚风庭院落梅初，淡云来往月疏疏”。

因为不得不分开，因为无法断守，于是忧愁倍生。

这首《卷耳》已成为不朽的怀人佳作，后来很多文人墨客都根据它作怀人诗，我们吟咏徐陵的《关山月》、张仲素的《春归思》、杜甫的《月夜》、王维的《九月九日忆山东兄弟》、元好问的《客意》等表达离愁别绪、叙写怀人思乡之情的名篇时，都可隐约回味起《卷耳》的意境。

桃　夭

桃之夭夭①，灼灼其华②。
之子于归③，宜其室家④。
桃之夭夭，有蕡其实⑤。
之子于归，宜其家室。
桃之夭夭，其叶蓁蓁⑥。
之子于归，宜其家人。

【注释】

①夭夭：桃树含苞欲放的样子。②灼灼：指桃花盛开时色彩鲜明的样子。华：即花。③之子于归：这位出嫁的姑娘。④宜：和顺。室家：夫妇，现多指家庭。⑤蕡（fén）：肥大。⑥蓁蓁：叶子繁茂的样子。

【赏析】

桃树茂盛美如画，花儿朵朵正鲜美。这位花一样的女子要出嫁，祝福你建立一个和美的家！

桃树茂盛美如画，果实累累结满枝。这位花一样的女子要出嫁，祝福你建立一个和美的家！

桃树茂盛美如画，绿叶茂盛展光华。这位花一样的女子要出嫁，祝福你建立一个幸福的家！

《诗经》里的爱情诗很多，300篇里大约占了四分之一的数量。《毛诗序》说这首《桃夭》是“后妃之所至”；但我们宁可相信《桃夭》本来就是一篇寻常女子出嫁的贺诗。

“桃之夭夭，灼灼其华。”“夭夭”一般来说是美丽的意思，是专门用来形容桃花的。许多爱情诗歌都充满惘然惆怅，但是《桃夭》的欢快喜庆却让人不由自主地受到感染。一个女人在她最美的时候出嫁，让要娶她的男子不惜翻山越岭，不惧迢迢前路，把自己的命运同她的拴在一起，是一份对美的交代，还是一种对美的颂扬呢？也许是二者都有吧。

古代的嫁女并不简单，据《礼记·昏义》记载，古代女子出嫁前3个月，须在宗室进行一次教育：“教以妇德、妇言、妇容、妇功。教成祭之，牲用鱼，芼之以蘋藻，所以成妇顺也。”之后选择日子。女子出嫁的日子自然是在桃花盛开的季节，那摇曳多姿的桃枝之上，桃花似新娘的脸，鲜嫩、青春、妖娆，甚至闭上眼睛，依稀可见“绿叶成荫子满枝”的幸福日子。

那时的人们葛布粗裳，却创造出最朴素最简单的美好诗歌，桃花自此便与女人联系在一起，走进后世文人骚客的文字里，真可谓源远流长。崔护因口渴推开一扇门，门内，三两株桃花盛开，“人面桃花相映红”。而旧地重游之时，“人面不知何处去，桃花依旧笑春风”。孔尚任剧中李香君的桃花扇，点点鲜血被纤手妙思幻成了桃花的模样。还有曹雪芹笔下那伤情的黛玉手持花锄，泪雨纷飞，“桃花帘外开仍旧，帘中人比桃花瘦。花解怜人花也愁，隔帘消息风吹透”。不过，它们都没有《桃夭》中的吉祥之意。

汝坟

遵彼汝坟，伐其条枚[①]；
未见君子，惄如调饥[②]。
遵彼汝坟，伐其条肄[③]；
既见君子，不我遐弃。
鲂鱼赪尾，王室如毁[④]；
虽然如毁，父母孔迩[⑤]。

【注释】

①遵：沿着。汝：汝河。坟：高堤。条：枝条。②惄：忧愁。调饥：喻男女欢情未得满足。③肄（yì）：树被砍伐以后再生的枝条。④鲂鱼：鳊鱼。赪（chēng）：赤红。毁：火。⑤迩：迫近饥寒。

【赏析】

《汝坟》创作于西周末年，当时战祸不断，百姓生活困苦不堪。这首诗所写的情境正是在这样的背景下发生的。

沿着汝水河边走，砍下树上的枝条，不见我的男人，饥肠辘辘般难受。

沿着汝水河边走，砍下树上的残枝，见到我的男人，不要不要再远离。

望着鲜红的鱼尾，想起王室的惨境。王室虽已焚毁，父母却近在眼前。

战祸起，壮年男丁被迫参战征伐，说是一个人去参战，其实全家人的心都跟着去了，特别是做妻子的。于是，夕阳时分、河堤之上，时常会有那些伫立遥望的女性背影，盼望着自己的丈夫能够早日归来。彼此的离别与其说是“生离”，莫若说是“死别”，因为几乎没有人能够重新回到家里。那个在高高的汝河大堤上凄苦徘徊的女子，一边手执斧子砍伐山楸的枝干和枝条，一边心里盼望着那久未见面的丈夫，她心中到底有几成把握呢？隔着离别的烟幕，孤苦无依，恰如早起时候的饥肠辘辘。

《汝坟》中的女子又是幸运的，因为战事结束后夫妇重聚。就在某一天，她看见了那个熟悉的身影，丈夫回来了，她要他今生再也不要抛下她。尽管丈夫回来了，夫妇父母团聚生活，但谁能保证第二天他不会再次被迫离开？一股忧思尽在不言中。

召　南

鹊　巢

维鹊有巢①，维鸠居之②。
之子于归③，百两御之④。
维鹊有巢，维鸠方之⑤。
之子于归，百两将之⑥。
维鹊有巢，维鸠盈之。
之子于归，百两成之。

【注释】

①维：助词，无实义。鹊：喜鹊。②鸠：鸤鸠，即布谷鸟。③归：嫁。④百：喻指数量多。御（yà）：同“迓”，迎接。⑤方：占据。⑥将：送走。

【赏析】

冬天过去，天气渐渐暖和，小麦疯长，桃花盛放，在这段比较清闲的日子里，先民们都会忙着办一些喜庆的事情，比如婚娶。

喜鹊树上搭个窝，鸤鸠来住它的家，这个女子今出嫁，百辆彩车迎接她。

喜鹊树上搭个窝，鸤鸠来住它的家，这个女子今出嫁，百辆彩车陪送她。

喜鹊树上搭个窝，鸤鸠挤满它的家，这个女子今出嫁，吹吹打打成婚啦！

《鹊巢》中的弃妇（以喜鹊喻之）就如同一株桑树，茂盛的绿叶似青春年华时的满头青丝，在整日的劳作中渐渐地变为灰白，岁月让她的容颜老去，家族一天天兴盛与富足。然而丈夫再也不会站在她的身后，在她低眉的羞怯里把她抱起。她总是被冷淡，总是被责怪，有时候还被呵斥，曾经的亲切与山盟海誓也如风而去，剩下的只有回忆与痛苦。

这世界上很多事情是无能为力的，所以，当女人无限沧桑地看着自己丈夫的迎亲队伍时，她没有做出出格的举动，只是微笑面对，那曾经夜夜来袭的疼痛，终于在岁月的深处麻木了。女人不去追求所谓的公平，其实她明白她被遗弃的根本原因——寒微的她和阔绰的新娘，实在是无法相提并论。

《鹊巢》中，女方陪送的彩车和男方迎亲的彩车汇合在一起，行成壮观的场面。对新人双方来说，对观看的众多人来说，都是喜庆欢乐的。当新人的背景消失，旧人付出过的、得到过的、笑过哭过的昨日全部被抹去；人群散去，她剩下的只有孤单和凄楚，有什么比这更让人哀伤的呢？《鹊巢》中，女人用勤劳的双手辛苦搭建的温暖巢穴已经拱手让人，在后人看来，这无异于对封建时代男权的控诉。

草 虫

喓喓草虫①，趯趯阜螽②。
未见君子，忧心忡忡。
亦既见止③，亦既觏止④，我心则降。
陟彼南山，言采其蕨⑤。
未见君子，忧心惙惙⑥。
亦既见止，亦既觏止，我心则说。
陟彼南山，言采其薇⑦。
未见君子，我心伤悲。
亦既见止，亦既觏止，我心则夷。

【注释】

①喓（yāo）：虫鸣声。草虫：蝈蝈。②趯趯（tì）：昆虫跳跃的样子。阜螽：一种蝗虫。③止：之，他。④觏（gòu）：遇见。⑤蕨：蕨菜，嫩叶可食用。⑥惙（chuò）：忧愁的样子。⑦薇：巢菜，一种草本植物。

【赏析】

《毛诗序》认为这首诗是“托男女情以写君臣念说”，是臣子对君王的忠诚与怀念等。但后人把它理解成一首描述女人思念在外丈夫的诗。诗歌用起兴的手法，从草虫展开：

草丛里的蝈蝈不停鸣叫，不时还会有几只蚱蜢蹦过。思念起想见却久未见的人，我怎么不忧心忡忡呢？要是我真的能够见到他，我的心才会放下来，心情才会平静下来。登上高高的南山，来采摘巢菜，见不到那个我想见的人，心里很不是滋味，又愁又烦无处宣泄。要是我真的能够见到他，我的思念才会消停片刻，我才会高兴异常。登上高高的南山，来采摘蕨菜，见不到那个我想见的人，心里如此地悲伤。要是我真的能够见到他，我灼伤一般的心才能舒畅，我才能得以放心。

秋季本来就是一个伤感的季节，当虫子消溺、草木枯萎，寒冬将至，无疑将是最容易思家和思归的时候。远行的人啊，你在远方是否能将我想起？帘卷秋风，人比黄花瘦。你身边凋零的花朵，你看见了吗？那也是我憔悴的容颜。

在《草虫》里，本该是和煦宁静的春日，草长莺飞，卉木萋萋，蝈蝈在暗处弹琴，蚱蜢不时跳出来撒野。但在生机勃勃的季节里，周围的热闹与她无关，她的心里是哀伤的，她的眼里是灰暗的，只有她思念的那个君子，才是她全部的热闹和风景，只有见到他，她才能是季节的热闹中笑靥如花的另一种风情。

采　蘋

于以采蘋①？南涧之滨。
于以采藻？于彼行潦②。
于以盛之？维筐及筥③。
于以湘之④？维锜及釜⑤。
于以奠之？宗室牖下。
谁其尸之？有齐季女⑥。

【注释】

①蘋：水草名。②行潦（háng lǎo）：沟中积水。③筥（jǔ）：圆形的竹筐。④湘：烹煮。⑤锜：三角锅。釜：无足锅。⑥齐：同“斋”，恭敬的样子。季：少。

【赏析】

《毛传》云：“古之将嫁女者，必先礼之于宗室，牲用鱼，芼之以蘋藻。”

即在古代，贵族之女出嫁前必须到宗庙去祭祀祖先，同时学习婚后的有关礼节。

诗中采集蘋藻来做祭品的是位待嫁的少女，她的名字叫季女，或者那只是对一个女子的美称，其实这些都已经不再重要了，重要的是待嫁少女的美与纯洁，那种懵懂的感觉。草木溪石，五谷农桑，春夏交替，一切都清新无比，世事在她的眼中还未完全展现，她似一幅还未画出的画，期待一切。只听她问道：

哪里可以采摘到绿蘋？就在南边山麓溪水滨。哪里可以采摘到绿藻？就在清水塘那边的浅水沟。用什么来装绿萍藻？有那圆篓和方筐。用什么煮鲜萍藻？有那锅和釜。何处安放这些祭品呢？祠堂那边窗户底下。这次谁来敬神祭祖呢？待嫁季女恭敬又虔诚。

在周秦时代，蘋草有着特殊的意义。宋代学者王质在《诗总闻》中说蘋藻“脱根于水，至洁”。不过后世的浮萍，意义发生变化，因为无根，最容易让人想起漂泊无依，所以在历代诗人的笔下，被称为飘萍。

蘋草生于水中，长于水中，连根都在水中浸泡，远离不洁净的土壤，因此被当作最干净最纯洁的，以至于我们的先祖都愿意拿它们做祭品祭奠先人。而千年前的纯洁感觉，也只有水中那“至洁”的蘋藻才能够与之媲美，因此诞生了这首优美的诗歌。

这首《采蘋》里的季女即将出嫁，她的心里充满了期待和憧憬。这些采集来的普通的祭品和烦琐的礼仪，都蕴含着当时人们的寄托和希冀，因而围绕着祭祀的一切活动都无比虔诚、圣洁、庄重。采萍→盛之→湘之→奠之→尸之，一个至洁的待嫁少女完成了她生命中这次最重要过程，在这之后，她一切准备完毕，可以出嫁了，此刻她成为这个季节中最耀眼的花，等待着被采摘。

邶　风

绿　衣

绿兮衣兮，绿衣黄里。
心之忧矣，曷维其已①！
绿兮衣兮，绿衣黄裳。
心之忧矣，曷维其亡！
绿兮丝兮，女所治兮②。
我思古人，俾无訧兮③！
絺兮绤兮，凄其以风④。
我思古人，实获我心！

【注释】

①维：助词，无实义。已：止。②女：同“汝”。治：缝纫。③俾：使。訧：过错。④以：因为。

【赏析】

“绿兮衣兮”，只说了“绿衣”一物，用了两个“兮”字断开，似是哽咽。绿衣裳啊绿衣裳，绿色的面子绿色的里子。心忧伤啊心忧伤，什么时候才能止住我不忧伤！绿丝线啊绿丝线，是你亲手来缝制。我思念亡故的贤妻，使我平时少过失。细葛布啊粗葛布，夏天的衣裳在秋天穿上，自然觉得冷。我思念我的亡妻，实在体贴我的心。

“生同衾死同穴”是古代男女情感长久的生活理想，即使不能同处，死也要同眠，而爱人先去之后，男人看着眼前妻子缝制的衣服，衣服整整齐齐摆放着，虽然有一些年头了，但看起来和新的差不多。用手抚摸它们的每一处针脚、每一个纽扣，似乎往事就要喷涌而出。这件件都似珍宝，因为这些是世界上最懂他的人亲手做的；还因为这个人已经离他远去，并且，永远不会再回来。先秦之时的社会就是男尊女卑的社会，女人卑微依附，而男子则是顶天立地。可是在《绿衣》中，一位深情的男子就这样出人意料地表露出对亡妻的怀念。

《绿衣》是一首蕴藏深情的诗歌。有情人不能相伴到老，人生过半，痛失爱侣，这种巨大的哀痛宋代大家苏轼也经历过，他在《江城子》中的“十年生死两茫茫，不思量，自难忘。千里孤坟，无处话凄凉”何其伤感！一样的都是死别，还有死别之后的不能相忘，后者继承了《绿衣》的情感，情深至重，余韵悠长。

击　鼓

击鼓其镗，踊跃用兵①。
土国城漕，我独南行。
从孙子仲，平陈与宋②。
不我以归，忧心有忡。
爰居爰处③？爰丧其马？
于以求之？于林之下。
死生契阔，与子成说④。
执子之手，与子偕老。
于嗟阔兮，不我活兮⑤。
于嗟洵兮⑥，不我信兮。

【注释】

①踊跃：鼓舞。②孙子仲：卫大夫，邶国将军。平：使两国和好。③爰（yuán）：于是。④契：聚。阔：离。成说：誓约。⑤活：佸，相会。⑥洵：远。信：实现誓约。

【赏析】

《诗经》满载着远古民众的质朴与纯真，这首《击鼓》便是如此，它是一首爱情的誓约——一个被迫参战戍边的士兵对远方妻子的爱情誓约：

随军征战，这一天终于可以安营扎寨了，庆幸自己在上一场战役中没有死去啊！我还可以在这残酷得没有明天的征途上想念你，你成为我唯一的牵挂啊，也是我唯一活下去的勇气。我的战马去哪里了，我得赶紧找到它啊！要是没有了它，要我怎么回家与你相见啊！所幸的是，我一抬头看见它就在远处的树林下！

“死生契阔，与子成说。执子之手，与子偕老。”这两句太过有名，以至于整个诗歌的光华几乎都被它掩盖掉。《击鼓》中的这两句尽管没有华丽的语言与铺张的修饰，但只此两句，就足以震撼每一个人。看似简单的誓言，表达出多少恋爱中人们的心愿。但千古以来真正做到的又有几个？时间飞逝，青春老去，身边还有一双可以握住的手，这也许是人生最大的幸福。

本诗中的主人公——年轻的战士与他深爱的妻子之间的情感是如此纯净，真诚得没有一丝渣滓，后人极尽演绎之能事，却始终难以超越，因为它已经达到了誓言的极致。达到极致还因为主人公没有兑现他的誓言，残缺的美才让人遗憾惦念。

《击鼓》中的男女，明知道海誓山盟抵挡不过时间和岁月的践踏，但他们偏偏还是要相信，有朝一日的誓言终会兑现。而“死生契阔，与子成说。执子之手，与子偕老”这两句话 16 个字，见证了千百年来爱情的盟誓与至死不渝的真爱。

终　风

终风且暴①，顾我则笑，
谑浪笑敖②，中心是悼③。
终风且霾，惠然肯来④，
莫往莫来，悠悠我思。
终风且曀，不日有曀⑤，
寤言不寐⑥，愿言则嚏。
曀曀其阴，虺虺其雷⑦，
寤言不寐，愿言则怀。

【注释】

①终：既。暴：疾风。②谑：戏谑。敖，放纵。③悼：伤心害怕。④惠：顺。⑤曀（yì）：天阴且有风。⑥言：助词，无意义。寐：睡着。⑦虺（huǐ）：古书上说的一种毒蛇。虺虺：雷声，象声词。

【赏析】

男子初见女子就对她笑容满面，还能说会道，开开玩笑，潇洒浪漫。而女子对此却又忧伤又无法言说。她觉得爱情应该是一件严肃的事，就算一个人原本性格活泼，一旦遭遇爱情，也不由得变得庄重起来。既刮风又下大暴雨，见到我他就嘻嘻笑。戏言放肆真胡闹，心中惊惧好烦恼。

既刮风又尘土飞扬，是否他肯顺心来。别后不来难相聚，思绪悠悠令我哀。既刮风又天色阴沉，不见太阳黑漆漆。长夜醒着难入眠，想他不住打喷嚏。天色阴沉暗淡无光，雷声轰轰又开始响。长夜醒着难入眠，但愿他也把我想。

《终风》里的这个男子，戏谑轻薄，尽管见识广博、谈笑风生，但女子要的是一份真诚的爱情，而男子的感情似乎并不那么令人感到安稳。爱情与调情的区别之处，也许就是爱情需要全身心地付出，而调情则是一时，或者抱有其他的目的。

调情只能让感情陷入困境，而爱情则可以把平凡变伟大，把瞬间变永恒。《红楼梦》里“共读西厢”那段，贾宝玉对林黛玉说“我就是那‘多愁多病的身’，你就是那‘倾城倾国的貌’”之时，也正是他心情暴躁不安的时期，整天无事可做，穿梭于众多姐姐妹妹之间，讨好献殷勤，他对黛玉的这句话怕也不是出于真心。在敏感的黛玉看来，确实是调情之语。黛玉也只好一边恼怒一边掉下眼泪，怕也是和《终风》里的女孩子一样悲凉。

《终风》里的女子没有把调情化成爱情，他抛弃了她，并且不再回来——尽管他曾经给她带来那么多的美好。她对于这一切也心知肚明，然而现实让她无能为力，只能一个人承受。

关于《终风》男女主人公最后有没有结果，诗人没有继续说下去。“曀曀其阴，虺虺其雷，寤言不寐，愿言则怀。”在这样刮风打雷的夜里，会想起谁？还希望谁想起自己？李清照说：“风住尘香花已尽，日晚倦梳头。物是人非事事休，欲语泪先流。”

静　女

静女其姝[1]，俟我于城隅[2]。
爱而不见[3]，搔首踟蹰。
静女其娈[4]，贻我彤管[5]。
彤管有炜[6]，说怿女美[7]。
自牧归荑，洵美且异[8]。
匪女之为美[9]，美人之贻。

【注释】

①静女：娴雅的女子。姝：美丽。②俟：等。城隅（yú）：城边的角楼。③爱：同"薆"（ài），隐藏。④娈（luán）：姣好。⑤彤（tóng）管：箫笛类乐器。⑥炜：明亮。⑦说怿（yì）：欣喜。说，同"悦"。怿，欢愉、欣喜。女：同"汝"。⑧洵：诚然。⑨匪：同"非"。

【赏析】

《静女》描写的是男子的等待。阳光四溢，万物生长，植物茂盛，花朵绽放，鸟雀歌唱，就在这样的良辰美景之中，男子徘徊不已：他没有心思来观赏倾听，眼下四处张望，之前他急急如星火来到心上人定下的约会地方，生怕自己迟到。心爱的姑娘在哪？怎么看不见？

而始终迟迟不见的静女，给了人以想象的空间：她应该是心地善良而单纯的，还应该是聪明伶俐的。

"自牧归荑，洵美且异。""匪女之为美，美人之贻。"并不是因为白茅草离奇——它只是一根嫩嫩的草，令男子如此珍爱的原因在于它是姑娘亲手采摘，送给自己的物品。物微而意深，一如后世南朝宋陆凯《赠范晔》的"江南无所有，聊赠一枝春"，重的是感情。

元代有一首《寄生草·相思》的曲子也表达了女孩子对迟到的男子的埋怨："有几句知心话，本待要诉与他。对神前剪下青丝发，背爷娘暗约在湖山下，冷清清湿透凌波袜，恰相逢和我意儿差，不刺，你不来时还我香罗帕！”意思是说本想告诉你几句我的真心话，我还对着神像剪下头发，表明心迹，背着爹娘来湖边和你约会。谁知道让我等你等得鞋袜都湿透了，还没有见人来。快点把我送你的香罗帕还给我吧！”这与《静女》中的某些情节有异曲同工之妙。

墉　风

君子偕老

君子偕老①，副笄六珈②。
委委佗佗，如山如河，象服是宜。
子之不淑③，云如之何?
玼兮玼兮④，其之翟也⑤。
鬒发如云⑥，不屑髢也⑦；
玉之瑱也⑧，象之揥也⑨，扬且之皙也⑩。
胡然而天也⑪？胡然而帝也?
瑳兮瑳兮⑫，其之展也⑬，
蒙彼绉絺，是绁袢也⑭。
子之清扬，扬且之颜也。
展如之人兮⑮，邦之媛也！

【注释】

①君子：指卫宣公。偕老：指夫妻之间相亲相爱，白头到老。②副：古时的一种头饰。笄（jī）：簪子。珈：饰玉。③子：指宣姜。淑：善。④玼：鲜艳绚丽。⑤翟：绣有山鸡彩羽的礼服。⑥鬒：黑发。⑦髢（dí）：假发。⑧瑱（tiàn）：垂在两耳旁的玉饰。⑨揥：发钗。⑩扬：额角。⑪胡：何，怎么。⑫瑳：鲜艳绚丽。⑬展：古代夏季穿的一种纱衣。⑭绁袢（pàn）：夏季穿的内衣。⑮展：确实。媛：美女。

【赏析】

这首《君子偕老》是一首讽喻诗，借服饰容貌的盛美来讽刺宣姜内心的肮脏与行为的污秽。

美丽的宣姜本来是要嫁给姬及，结果却被骗嫁给了姬及的父亲——禽兽不如的卫宣公。

誓与君子白头偕老，玉簪首饰插满头。她的举止雍容得体，她的仪态稳重如山河，穿上礼服很适合。谁知她的德行如此秽恶，真是让人无可奈何！她的服饰鲜明又绚丽，画羽礼服绣着山鸡。她的头发黑亮好似云霞，哪里用得着装饰假发。美玉耳饰坠在脸旁，象牙发钗戴在头上，她的额角白净闪光。真好像仙女从天而降，又仿佛帝女到人间。她的服饰鲜明又鲜艳，是轻软的细纱来做衣裳。外面穿着绉纱细葛衫，里面是夏天穿的内衣清凉宜爽。她的明眸闪烁细眉秀长，容貌艳丽额头宽广。确实是仪容妩媚，好一位倾城倾国的美貌女子！

宣姜本就美似天仙，现在经过如此艳丽的装扮，身着明艳如花的服饰，锦衣上绣有山鸡，还有那一身璀璨的珠宝，令她摄人魂魄，这样的女子自然是任何一个男人都想得到的尤物。

但是，自始至终都没有人问过宣姜的意愿，按照正常心理来分析，她当然是想嫁给和自己年龄相当的太子。中国历代的史官只重写史记事，却刻意回避人物心理的分析。尤其是这些历史事件中的女性，她们的所思所想从未被史官关注过。她们只是历史的附属品，其生命必然充满着悲剧色彩。不遂心愿，但生活还是要继续，宣姜与卫宣公有了两个儿子。

15年的时光一晃而过，宣姜的两个儿子都长大了。两兄弟性格差异很大：长子寿是个清秀善良之人；而次子朔与哥哥相反，心胸狭窄，野心很大。

有一天，朔打起太子姬及的主意。他对母亲宣姜说姬及从来就没有忘记过夺妻之恨，甚至还发下毒誓说继位之后，会将宣姜母子全部铲除。宣姜闻言大惊失色，觉得还是告诉卫宣公比较好，万一是真的，自己与儿子确实不能活命。结果，姬及与寿都被杀掉。

宣姜没有想到事情会发展到这一步，她根本不愿意看到有谁死去，更不愿意看到自己的儿子死去。

第二篇

佳赋奇葩，独秀芳华

悲士不遇赋（节选）

司马迁

悲夫！士生之不辰[①]，愧顾影而独存。恒克己而复礼[②]，惧志行而无闻。谅才韪而世戾[③]，将逮死而长勤[④]。虽有形而不彰，徒有能而不陈。何穷达之易惑[⑤]，信美恶之难分。时悠悠而荡荡[⑥]，将遂屈而不伸。使公于公者[⑦]，彼我同兮；私于私者[⑧]，自相悲兮。天道微哉[⑨]，吁嗟阔兮[⑩]；人理显然，相倾夺兮。好生恶死，才之鄙也[⑪]；好贵夷贱[⑫]，哲之乱也。

【注释】

①生之不辰：出生时没遇到好时辰。一般以此表示所生之世未遇明主贤君或未逢盛世。②克己：抑制、约束自己的言行。复礼：合于礼的要求。③谅：信。才韪：才质美好。韪（wěi）：善。戾（lì）：违背，引申为不正常。④逮：及，达到。⑤穷：困厄。达：通达，显达。⑥悠悠：形容长久。荡荡：形容广阔无际。⑦公于公者：前一个“公”字是动词，用公心对待；后一个“公”字是名词，指国家或朝廷。⑧私于私者：前一个“私”字，用私心对待；后一个“私”字，指自己或自家。⑨天道：包含自然规律和天意两方面含义。微：精微，微妙。⑩吁嗟（xū jiē）：感叹词。阔：疏阔。⑪才：品质。⑫夷：削平，引申为轻视。

【赏析】

《悲士不遇赋》中，司马迁悲叹自己生于一个无法给予自己机会的时代，顾影自怜的同时，他也在时刻约束自己，生怕有违背礼节的地方令人厌烦。这样的情怀至死都不会改变，这样的世情却只能为他一人所有，时光悠长而无尽，司马迁却无法得到救赎。如赋中所说，他的心意无人能懂，也无人可以诉说。人世间的事情就这样显而易见，互相倾轧、贪生怕死是道德的堕落，嫌贫爱富是智慧的降低。

武帝天汉二年（前99），司马迁46岁。就在这一年，司马迁经历了他从未经历过的沉重打击，不是精神上的，还有肉体上的。

这一年，大汉和匈奴进行了一次交战，李广利带兵3万，却劳而无功，几乎全军覆没。李广利仓皇逃回，却将李广的孙子李陵留在了前线孤军作战。因寡不敌众，李陵被匈奴大军生擒后投降，大汉朝的这次围剿土崩瓦解。汉武帝苦心组织的一场消灭匈奴大戏没能如他所愿，这对汉武帝来说是奇耻大辱。当时刘彻就李陵投降的事情征询司马迁的意见，作为一个史官，司马迁有他应有的公道与判断。他告诉刘彻李陵无错，错的只是这一场准备不足的战役。司马迁的坦白直言，令刘彻十分愤怒，他将司马迁投入了监牢。一个史官仗义执言，却换来了阶下囚的下场。司马迁一夜之间前途尽毁，而往日交好者竟无人出力营救他。司马迁最终虽然活了下来，但比死还要难堪，在酷吏的折磨下，司马迁被施了宫刑。

武帝征和二年（前91年），司马迁穷其一生心血完成了《史记》。然而这部足以光耀后世的史家绝唱，并不能抚平司马迁当年因为李陵之祸而带来的耻辱。“悲夫！士生之不辰，愧顾影而独存”。这是作者对生不逢时、英雄无用武之地的哀叹，同时也是对那个社会与时代的悲愤之情的抒发。

吊屈原赋

贾　谊

谊为长沙王太傅[①]，既以谪去，意不自得；及度湘水，为赋以吊屈原。屈原，楚贤臣也。被谗放逐，作《离骚》赋，其终篇曰：“已矣哉！国无人兮，莫我知也。”遂自投汨罗而死。谊追伤之，因自喻，其辞曰：

恭承嘉惠兮[②]，俟罪长沙[③]；侧闻屈原兮，自沉汨罗。造讬湘流兮[④]，敬吊先生[⑤]；遭世罔极兮[⑥]，乃殒厥身[⑦]。呜呼哀哉！逢时不祥[⑧]。鸾凤伏窜兮[⑨]，鸱枭翱翔[⑩]。阘茸尊显兮[⑪]，谗谀得志；贤圣逆曳兮[⑫]，方正倒植。世谓随、夷为溷兮[⑬]，谓跖、跻为廉[⑭]；莫邪为钝兮[⑮]，铅刀为铦[⑯]。吁嗟默默，生之无故兮；斡弃周鼎[⑰]，宝康瓠兮[⑱]。腾驾罢牛[⑲]，骖蹇驴兮[⑳]；骥垂两耳，服盐车兮[㉑]。章甫荐履[㉒]，渐不可久兮；嗟苦先生，独离此咎兮[㉓]。

讯曰：已矣！国其莫我知兮，独壹郁其谁语[㉔]？凤漂漂其高逝兮，固自引而远去。袭九渊之神龙兮㉕，沕深潜以自珍㉖；偭蟂獭以隐处兮㉗，夫岂从虾与蛭螾㉘？所贵圣人之神德兮，远浊世而自藏；使骐骥可得系而羁兮，岂云异夫犬羊？般纷纷其离此尤兮㉙，亦夫子之故也。历九州而其君兮，何必怀此都也？凤凰翔于千仞兮，览德辉而下之；见细德之险徵兮，遥曾击而去之㉚。彼寻常之污渎兮㉛，岂能容夫吞舟之巨鱼？横江湖之鳣鲸兮㉜，固将制于蝼蚁。

【注释】

①长沙王：西汉长沙王吴芮的玄孙吴差。太傅：官名。②恭承：敬受。嘉惠：美好的恩惠。③俟罪：待罪。④造：到。讬：同“托”，寄托。⑤先生：指屈原。⑥罔极：没有准则。⑦殒（yǔn）：死亡。厥：其，这里指屈原。⑧不祥：不幸。⑨伏窜：躲藏。⑩鸱枭：猫头鹰一类的鸟，泛指不吉祥的鸟，在这里喻指小人。翱翔：这里比喻得志升迁。⑪阘（tà）：小门。茸：小草。⑫逆曳：指不被重用。⑬随：卞随。夷：伯夷。二人皆为古代贤人的代表。溷（hùn）：混浊。⑭跖：春秋时鲁国人，大盗。蹻（jué）：庄蹻，战国时楚国将领。二人皆泛指“坏人”。⑮莫邪（yé）：古代宝剑。⑯铅刀：软而钝的刀。铦（xiān）：锋利。⑰斡（wò）弃：抛弃。斡，旋转。周鼎：比喻栋梁之材。⑱康瓠（hù）：比喻庸才。⑲罢（pí）：疲惫。⑳蹇：跛脚。㉑服：驾。㉒章甫：古时一种礼帽。荐：垫。㉓离：通“罹”，遭遇。咎：灾难。㉔壹郁：同“抑郁”。㉕袭：效法。㉖沕（mì）：深潜的样子。㉗偭（miǎn）：向。蟂獭（xiāo tǎ）：水獭一类的动物。㉘虾（há）：蛤蟆。蛭：水蛭、蚂蟥类动物。螾：同“蚓”，蚯蚓。㉙般：久。尤：祸患。㉚曾击：高翔。曾，高飞的样子。㉛污渎：污水沟。㉜鳣（zhān）：鲟一类的大鱼。

【赏析】

汉朝是中国历史上第一个巅峰时期，是大一统的封建中央集权统治下的盛世。然而盛世身影之下，其实累积了很多的弊端和问题。贾谊希望大刀阔斧地将这些问题提早解决，却触碰了那些他不该触碰的人和事。汉文帝虽然爱贾谊之才华，但满朝权贵却容不下他，不断向汉文帝进谗言，文帝逐渐疏远了贾谊。后来，贾谊被贬到长沙当太傅，被迫离开长安，当时贾谊仅23岁，正是年轻有为、意气风发的时候。

这篇赋即作于贾谊被贬途中。开篇交代自己“为长沙王太傅”，如今“既以谪去，意不自得”；文字间流露出作者内心的悲愤之情。贾谊只看到了生的苦，却没想过如何避免此种苦难。他奉旨来到长沙，在湘水边上想起了溺水而亡的屈原：因为生不逢时，所以悲壮落难。屈原是高飞的鸿鹄，却被一群燕雀埋没其中，这就是时也，命也。屈原的悲剧竟在百年后的自己身上重演，贾谊的悲愤无言以表。

接下来是吊屈原之辞，对于屈原遭受世上无穷无尽的谗言，最终投身汨罗江的命运，作者无尽悲叹，于是感慨道：现在的时局是鸾凤蛰伏、怪鸟翱翔，小人得志、享受尊贵，圣人却遭受谗言、无法立足，坏人被认为廉洁，莫邪这样的宝剑反而被认为锈钝；抛弃宝鼎，却觉得瓦盆为宝物；将跛足的牛当作骏马，反而让良驹拉车。哀叹屈原不幸的同时，贾谊也为自己哀叹：竟然遭遇了这样的不公正。

贾谊是敏锐的，他可以看到当下人们未能触及的问题，他能看到未来需要解决的弊端。然而对于正直激昂的文人来说，仕途总是格外不好走。仕途上的突然跌落不免让作者心灰意冷。

贾谊年纪轻轻便满腹文采，他从小就博览群书，旷古绝今：少年时期跟随荀子的徒弟学习百家之术，温读《春秋左氏传》，18 岁时就以出色的诗词歌赋才能崭露头角，而后被汉文帝赏识，进宫为博士，就此迈入了仕途。然而这些并没有带给贾谊多少快乐，贾谊为人耿直，直言快语，他将自己的一腔抱负宣泄了出来。他或许是一个文采斐然的才子，却不能算是一个合格的官员，他在自认为得到汉文帝的赏识可以大有作为的时候，却没有看到历史的宿命正在重现。

在这篇《吊屈原赋》中，贾谊将自己和屈原相比较，或许在他心里，自己有着和屈原一样高的情操，而命运偏偏对他们二人如此不公。

最后一段中，作者表达了自己的志向。他认为屈原以死明志，但自己并不太认可这种做法，“彼寻常之污渎兮，岂能容夫吞舟之巨鱼？横江湖之鳣鲸兮，固将制于蝼蚁”。凤凰本应当是志存高远的神鸟，怎么能陷入泥潭无法自拔呢？远离混浊的世界独自登高，老骥伏枥，志在千里，怎么可以因一时的困难而放弃生命？只要坚持下去，那江湖中的鲸鱼，怎么能受制于蝼蚁鼠辈？这是贾谊真正的想法。与其毫无意义地死去，喂了鱼虾，不如忍辱活着。作者虽然感到前途渺茫不可预测，但他还是不愿放弃信念。贾谊蛰伏3年之后，再次被调入长安，担任梁怀王太傅。但好景不长，梁怀王在一次骑马中不慎坠马身亡，这再次给贾谊以沉重的打击，他深深自责，一年之后也泪尽而亡，年仅33岁。

刘勰称贾谊的文章："理既切至，辞亦通畅，可谓识大体矣。"此赋可谓当之。

长门赋

司马相如

孝武皇帝陈皇后时得幸[1]，颇妒。别在长门宫[2]，愁闷悲思。闻蜀郡成都司马相如天下工为文[3]，奉黄金百斤为相如、文君取酒[4]，因于解悲愁之辞[5]。而相如为文以悟上[6]，陈皇后复得亲幸[7]。

夫何一佳人兮[8]，步逍遥以自虞[9]。魂逾佚而不反兮[10]，形枯槁而独居。言我朝往而暮来兮，饮食乐而忘人[11]。心慊移而不省故兮[12]，交得意而相亲[13]。

伊予志之慢愚兮[14]，怀贞悫之懽心[15]。愿赐问而自进兮[16]，得尚君之玉音[17]。奉虚言而望诚兮[18]，期城南之离宫[19]。修薄具而自设兮[20]，君曾不肯乎幸临[21]。廓独潜而专精兮[22]，天漂漂而疾风[23]。登兰台而遥望兮[24]，神怳怳而外淫[25]。浮云郁而四塞兮[26]，天窈窈而昼阴[27]。雷殷殷而响起兮[28]，声象君之车音。飘风回而起闺兮[29]，举帷幄之襜襜[30]。桂树交而相纷兮[31]，芳酷烈之訚訚[32]。孔雀集而相存兮[33]，玄猨啸而长吟[34]。翡翠协翼而来萃兮[35]，鸾凤翔而北南[36]。

心凭噫而不舒兮[37]，邪气壮而攻中[38]。下兰台而周览兮，步从容于深宫[39]。正殿块以造天兮[40]，郁并起而穹崇[41]。间徙倚于东厢兮，观夫靡靡而无穷[42]。挤玉户以撼金铺兮，声噌吰而似钟音[43]。刻木兰以为榱兮[44]，饰文杏以为梁[45]。罗丰茸之游树兮，离楼梧而相撑[46]。施瑰木之欂栌兮，委参差以槺梁[47]。时仿佛以物类兮，象积石之将将[48]。五色炫以相曜兮[49]，烂耀耀而成光[50]。致错石之瓴甓兮，象瑇瑁之文章[51]。张罗绮之幔帷兮[52]，垂楚组之连纲[53]。

抚柱楣以从容兮[54]，览曲台之央央[55]。白鹤噭以哀号兮[56]，孤雌跱于枯肠[57]。日黄昏而望绝兮[58]，怅独托于空堂[59]。悬明月以自照兮，徂清夜于洞房[60]。援雅琴以变调兮，奏愁思之不可长[61]。案流徵以却转兮，声幼妙而复扬[62]。贯历览其中操兮，意慷慨而自昂[63]。左右悲而垂泪兮，涕流离而从横[64]。舒息悒而增欷兮[65]，蹝履起而彷徨[66]。揄长袂以自翳兮[67]，数昔日之諐殃[68]。无面目之可显兮，遂颓思而就床[69]。抟芬若以为枕兮[70]，席荃兰而茝香[71]。

忽寝寐而梦想兮，魄若君之在旁[72]。惕寤觉而无见兮[73]，魂迋迋若有亡[74]。众鸡鸣而愁予兮[75]，起视月之精光[76]。观众星之行列兮，毕昴出于东方[77]。望中庭之蔼蔼兮，若季秋之降霜[78]。夜曼曼其若岁兮[79]，怀郁郁其不可再更[80]。澹偃蹇而待曙兮[81]，荒亭亭而复明[82]。妾人窃自悲兮[83]，究年岁而不敢忘[84]。

【注释】

①孝武皇帝：指汉武帝刘彻。陈皇后：名阿娇，是汉武帝姑母之女。武帝为太子时娶为妃，继位后立为皇后。得幸：受到宠爱。②长门宫：汉代长安别宫之一。③工为文：擅长写文章。工，善于，擅长。④文君：即卓文君。取酒：买酒。⑤于：为。此句是说让相如作解悲愁的辞赋。⑥为文：指作了这篇《长门赋》。⑦复：又、重新。⑧“夫何”句：这是怎样的一个佳人啊。夫，犹“是”。何，疑问之辞。⑨逍遥：缓步行走的样子。虞：度，思量。⑩逾佚：外扬，失散。佚，散失。反：同“返”。⑪“言我”二句：谓武帝曾说过朝往而暮来，现在却恣乐于饮食而把人给忘记了。我，指汉武帝。人，指陈皇后。⑫慊（qiàn）移：决绝变化。省（xǐng）故：念旧。此句指武帝的心已决绝别移，忘记了故人。⑬得意：指称心如意之人。相亲：相爱。⑭伊：发语词。予：指陈皇后。慢愚：迟钝。⑮怀：抱。贞悫（què）：忠诚笃厚。懽：同“欢”。此句指自以为欢爱靠得住。⑯赐问：指蒙武帝的垂问。自进：前去觐见。⑰“得尚”句：谓侍奉于武帝左右，聆听其声音。尚，奉。⑱奉虚言：指得到一句虚假的承诺。望诚：当作是真实的。⑲“期城南”句：在城南离宫中盼望着他。期，盼望。离宫，正宫之外供帝王出巡时居住的宫室。此指长门宫。⑳修：置办，整治。薄具：指菲薄的肴馔饮食。㉑曾：乃，却。㉒廓：空寂，孤独。此指忧伤的样子。

独潜：独自深居。专精：用心专一。此指一心思念。㉓漂漂：同“飘飘”。㉔兰台：华美的台榭。一说台名。㉕怳怳：同“恍恍”，心神不定的样子。外淫：指神不守舍。淫，游。㉖郁：郁结。四塞（sè）：遍布。㉗窈窈：幽暗的样子。㉘殷（yǐn）：形容雷的声音。㉙飘风：旋风。起闺：指吹开内室之门。闺，宫中小门。㉚帷幄：帷帐。襜（chān）襜：摇动的样子。㉛交：交错。相纷：杂乱交错。㉜芳：指香气。訚（yín）訚：形容香气浓烈。㉝相存：相互慰问。㉞玄猨：黑猿。猨，同“猿”。㉟翡翠：鸟名。胁翼：收敛翅膀。萃：集。㊱鸾凤：指鸾鸟和凤凰。翔而北南：南北飞翔。此指自由飞来飞去。㊲凭噫：愤懑抑郁。㊳攻中：攻心。㊴“下兰台”二句：谓走下兰台，在深宫中周游观览。极写百无聊赖。㊵块：屹立的样子。造天：达到天上。造，达。㊶郁：形容宫殿雄伟、壮大。穹崇：高大的样子。㊷“间徙倚”二句：谓有时在东厢各处徘徊游观，观览华丽美好的景物。间，有时。徙倚，徘徊。靡靡，华丽。㊸“挤玉户”二句：推开殿门摇动金属做的门环，发出很大的像撞钟一样的声音。挤，排挤，推开。撼，摇动。金铺，金属做的门环。噌吰（chēng hóng），钟声。㊹木兰：树名，似桂树。榱（cuī）：屋椽。㊺文杏：即银杏树。以上二句形容建筑材料的华美。㊻“罗丰茸”二句：梁上的柱子交错支撑。罗，集。丰茸，繁多的样子。游树，浮柱，指屋梁上的短柱。离楼，众木交加的样子。梧，屋梁上的斜柱。㊼“施瑰木”二句：谓用瑰奇之木做成斗拱以承屋栋，房间非常空阔。瑰木，瑰奇之木。欂栌（bó lú），指斗拱。斗拱是我国木结构建筑中柱与梁之间的支承构件，主要由拱（弓形肘木）和斗（拱与拱之间的斗形垫木）纵横交错，层层相叠而成，可使屋檐逐层外延。委，堆积。参差，指斗、拱纵横交错、层层相叠的样子。槺梁，屋室空阔的样子。㊽“时仿佛”二句：时，“时时”的意思。仿佛，相似，近似。物类，以物比物。积石，指积石山。将（qiāng）将，高峻的样子。㊾炫：明亮。曜：照耀。㊿耀耀：明亮的样子。51“致错石”二句：用彩石铺成的地面，像玳瑁的花纹一样华丽。致，细密。错石，积众石而成彩。瓴甓（líng pì），铺地的砖。瑇瑁，即玳瑁。海龟类动物，背部有褐色和淡黄色相间的花纹。文章，花纹、色彩。52罗绮：皆指用丝织成的布。幔：帐幕。帷：帐子。53楚组：指楚地产的丝带。组，组绶，本用以系玉，以楚产最有名。连纲：指连接幔帷的绳带。纲，网上的总绳。54抚：按，摸。柱楣：柱子和门楣。楣，门上横梁。从容：舒缓。此处指神态消极。

⑤⑤曲台：宫殿名。旧注说在未央宫东面。央央：广大的样子。⑤⑥噭（jiào）：鸟哀鸣声。⑤⑦孤雌：失偶的雌鸟。跱：同“峙”，停留。⑤⑧望绝：指久候而不至。⑤⑨怅：惆怅，悲伤。托：指托身。⑥⑩“悬明月”二句：谓明月高挂，孤独地照着自己，在洞房中消磨如此良夜。徂（cú），往，消逝。洞房，深邃的内室。⑥①“援雅琴”二句：指操起琴来弹奏却改变了原来的常调，虽可抒发心中愁思但不能维持长久。援，引，操起。⑥②“案流徵”二句：弹奏中转成徵声，声音由轻细而变成激扬。案，同“按”，此指弹奏。徵，古代五音中的第四音，声音激越。幼妙，同“要妙”，指声音轻细。⑥③“贯历览”二句：将上述琴曲连贯起来看胸中情操，显示出慷慨不平。贯，连贯，贯通。自昂：自我激励。⑥④涕：眼泪。流离：流泪的样子。从横：同“纵横”，此指泪流之多。⑥⑤舒：展，吐。息悒：叹息忧闷。欷：抽泣声。⑥⑥蹝（xǐ）履：趿着鞋子。彷徨：“徘徊”的意思。⑥⑦揄（yú）：扬起。袂：衣袖。自翳：自遮其面。翳，遮蔽。⑥⑧数：计算，回想。愆（qiān）殃：过失和罪过。⑥⑨“无面目”二句：自己无脸面见人，只好满怀心事上床休息。颓思，愁思，伤感。⑦⑩抟：揉。芬若：香草名。⑦①荃、兰、茝：皆为香草名。此句说以荃、兰、茝等香草为席。旧注说以香草比喻修洁自己行为。⑦②魄：魂魄。此指梦境。若君之在旁：谓像在君之旁。⑦③惕寤：指突然惊醒。惕，急速，突然。⑦④迋（guàng）迋：恐惧的样子。若有亡：若有所失。⑦⑤愁予：即予愁。⑦⑥月之精光：即月光。⑦⑦毕昴：二星宿名，五六月间出于东方。⑦⑧“望中庭”二句：望着中庭微暗的月光，虽然是盛夏，感受如同深秋一样。蔼蔼，月光微暗的样子。季秋，深秋。⑦⑨曼曼：同“漫漫”，言其漫长。⑧⑩郁郁：此指心中的愁苦。不可再更：指不能重有欢乐之时。⑧①澹：荡动。偃蹇：伫立的样子。此句指心绪不宁、坐立不安等待天明。⑧②荒：昏暗。亭亭：久远的样子。⑧③妾人：自称之辞。⑧④“究年岁”句：穷年累月终不敢忘君。究，终。

【赏析】

这篇有名的《长门赋》，是司马相如为汉武帝刘彻的陈皇后所作。

诗人开头写道：佳人轻移玉步，香魂飘散而无法相聚，因为独自居住而身形俱损。圣上答应会前去探望，却因为新人笑，而忘记了旧人哭，从此不再相见。与别的美人相亲相爱时，早已忘记了旧人的苦楚。

在这里诗人寥寥数语，便切中要害，直入主题，阿娇往昔泼辣蛮横的形象全无，而只是以一个娇俏可人的小女子形象出现，楚楚动人，引人怜爱。

接着下文以陈皇后口吻写，自己夜深时忽然觉得君王又躺在身边，惊醒后发觉原来是美梦一场，顿时魂魄失散，犹如死亡降临一般痛苦。鸡鸣虽然已经响起，但还是午夜时分，不得寐后，只能挣扎坐起，一直到天亮。看着天边的星光，犹如秋之霜降一般清冷，庭院深深深几许，却盛不下这许多的感伤。究竟是故人已然被遗忘于这深宫远巷之中，还是帝王太过繁忙不得来看？

这篇散体大赋，辞藻华丽，时而气采宏流，时而细腻精巧，读者为之动容。作品将离宫内外的景物与人物的情感结合在一起，情景交融，为赋中别创。词文虽长，但无一不是在表述阿娇寂寞之中深感罪孽；夜半醒来，仿佛帝王就陪伴身边，哪料只是一场梦幻而已。情真意切，感人至深。失宠皇后的凄楚心境历历如眼前。汉武帝不是无情之人，看到这里怎能不念及当日旧情？

南宋词人辛弃疾写过一首《摸鱼儿》：“更能消、几番风雨，匆匆春又归去。惜春长怕花开早，何况落红无数。春且住！见说道、天涯芳草无归路。怨春不语，算只有殷勤，画檐蛛网，尽日惹飞絮。长门事，准拟佳期又误。娥眉曾有人妒。千金纵买相如赋，脉脉此情谁诉？君莫舞，君不见，玉环飞燕皆尘土！闲愁最苦。休去倚危栏，斜阳正在，烟柳断肠处。”其中的长门事就是指汉武帝与陈皇后阿娇的这段故事。只是，司马相如的文笔再好，也只换来君王一时的悔意和恩情，但这并不影响这篇著名的汉赋在文学史上的光辉。

这篇《长门赋》，最早见于南朝梁萧统《昭明文选》。序言中说是西汉司马相如作于汉武帝时。由于序言里提及了武帝的谥号，而这是当时的司马相如不可能知道的，而且正史中并无武帝复幸陈皇后之事，所以顾炎武《日知录》认为其是“假设之辞”。何焯《义门读书记》也说：“此文乃后人所拟，非相如作。其此细丽，盖平子之流也。”但是因为此文写得甚是动人，故被历代文学称赞为成功之作；也正好切合了才子情种司马相如的性情与传闻，所以后世一般还是将其归到司马相如名下。

李夫人赋

刘彻

美连娟以修嫮狸[1]，命樔绝而不长[2]。饰新宫以延贮兮[3]，泯不归乎故乡。惨郁郁其芜秽兮[4]，隐处幽而怀伤。释舆马于山椒兮，奄修夜之不阳[5]。秋气憯以凄泪兮[6]，桂枝落而销亡[7]。神茕茕以遥思兮[8]，精浮游而出畺[9]。托沈阴以圹久兮[10]，惜蕃华之未央[11]。念穷极之不还兮，惟幼眇之相羊[12]。函菱荴以俟风兮[13]，芳杂袭以弥章[14]。的容与以猗靡兮[15]，缥飘姚虖愈庄[16]。燕淫衍而抚楹兮[17]，连流视而娥扬。既激感而心逐兮，包红颜而弗明。欢接狎以离别兮[18]，宵寤梦之芒芒[19]。忽迁化而不反兮，魄放逸以飞扬。何灵魄之纷纷兮，哀裴回以踌躇[20]。势路日以远兮，遂荒忽而辞去[21]。超兮西征，屑兮不见[22]。寖淫敞怳[23]，寂兮无音。思若流波，怛兮在心[24]。

乱曰：佳侠函光[25]，陨朱荣兮。嫉妒阘茸[26]，将安程兮[27]。方时隆盛，年夭伤兮。弟子增欷[28]，洿沫怅狸[29]。悲愁于邑[30]，喧不可止兮[31]。向不虚应，亦云己兮。嫶妍太息[32]，叹稚子兮。懰栗不言[33]，倚所恃兮。仁者不誓，岂约亲兮？既往不来，申以信兮。去彼昭昭[34]，就冥冥兮。既不新宫，不复故庭兮。呜呼哀哉，想魂灵兮！

【注释】

①连娟：细长屈曲的样子。嫮（hù）：姣好。②樔绝：断绝，这里指李夫人逝世。③延贮：久久伫立等待。④芜秽：荒废而充满秽气。⑤奄：同“淹”，停滞。⑥秋气：肃杀之意，泛指意兴低沉的样子。憯：惨痛。⑦桂枝：代指李夫人。销：同“消”，即香消玉殒。⑧茕茕（qióng）：孤零零的样子。⑨精：精神。浮游：游荡。畺：边界。⑩圹久：永远。圹，同“旷”。⑪央：尽。⑫惟：思念。幼眇：即窈窕。相羊：游荡。⑬菱：花穗。荴（fū）：散发。⑭章：同“彰”，鲜明。⑮容与：从容的样子。猗靡：婉约。⑯飘姚：同“飘摇”。⑰燕：欢乐。淫衍：极度欢乐的样子。⑱接狎：亲密。⑲寤梦：恍惚，半睡半醒。芒芒：渺茫。⑳裴回：往返回旋。㉑荒忽：隐约。㉒屑：

疾速，快速。㉓寖淫敞恍：逐渐模糊。㉔怛（dá）：悲伤。㉕佳侠：美人。㉖阘茸：卑贱。㉗程：标准。㉘欷（xī）：抽泣声。㉙洿沬（wū huì）：泪流满面。㉚邑：忧愁。㉛喧：恸哭。㉜嫶妍：因忧伤而消瘦。㉝懰栗：悲伤。㉞昭昭：明亮的样子。

【赏析】

这篇赋是汉武帝刘彻为她的爱妃李夫人所作。李夫人十分受宠，可惜染病早逝。刘彻日夜思念这位带给了他无数欢乐的女子，一生没能相忘，于是写下了一首赋词，悼念他的这位妃子。

上天创造这样美丽的可人儿，却又不让她带着美丽长存。作为皇帝，刘彻专门为李夫人修建了宫殿，希望可以与她在里面相会；但失去她之后的宫殿就好像城郊凄凉的坟墓，充满了忧伤和静谧。诗人在李夫人的坟茔那里长久停留，从黑夜直到白天。秋日折落的桂枝就像美丽的李夫人一样，让人充满思念；但是这思念却永远无法抵达彼岸，哪怕灵魂出窍，也始终无法抵达。

作者的哽咽，并没有回应，就这样随风而逝吧！李夫人留下的孩子还小，因为当初约好要好好照顾他，便不能因为思念而使得自己身体削弱。不愿意再回到原来相爱的宫殿里，因为死亡真的无可挽回。

呜呼哀哉，冥冥之中的天意就真的这般残忍，将你带走便不留下丝毫的痕迹。呜呼哀哉，如果早知道是这样的结果，当初为何还要爱到痛彻心扉。呜呼哀哉，但愿你的魂灵可以安息，但愿对你的思念可以永久。

作者言行之间全是对李夫人痴情的思念，如果不是真的读到这篇赋词，谁又能相信这样缠绵悱恻的爱恋之情会是出自汉武帝刘彻的内心深处。

就在李夫人恩宠正佳，还为刘彻产下皇子之时，她身患重病，卧床不起，眼看就要香消玉殒了，刘彻希望能探望他宠爱的李夫人一眼，却始终遭到拒绝，刘彻不明白善解人意的佳人为何突然不近人情了。

他不明白，而李夫人却是很明白：她得宠于阿娇皇后被冷落于长门宫后，卫子夫日渐失宠之时，皇宫的女人哪个能与君王白头偕老？虽然人前荣耀，但人后的辛酸又有谁真的知道？她进宫以来深受宠爱，刘彻对她从无半点怨言；而今重病在身，如果刘彻见到自己现在这般容颜憔悴、衣衫不整的样子，必定会心生厌恶。与其被帝王遗弃，不如先决绝地保持距离，有朝一日等自己离去，也能给刘彻留下一段美好的回忆。

诗人感慨："是耶非耶，立而望之，偏何翩翩来迟。"这位诗中的佳人在一生最美丽的时刻离开了刘彻，让诗人还来不及不爱，似乎这是帝王宫苑里爱情的最好结局。

士不遇赋

董仲舒

呜乎嗟乎[1]！遐哉邈矣[2]。时来曷迟[3]，去之速矣[4]。屈意从人[5]，悲吾族（或作非吾徒）矣[6]。正身俟时[7]，将就木矣[8]。悠悠偕时[9]，岂能觉矣[10]。心之忧欤[11]，不期禄矣[12]。遑遑匪宁[13]，秪增辱矣[14]。努力触藩[15]，徒摧角矣[16]。不出户庭[17]，庶无过矣[18]。重曰[19]：

"生不丁三代之盛隆兮[20]，而丁三季之末俗[21]。以辨诈而期通兮[22]，贞士耿介而自束[23]，虽日三省于吾身[24]，繇怀进退之惟谷[25]。彼寔繁之有徒兮[26]，指其白以为黑[27]。目信嫮而言眇兮[28]，口信辩而言讷[29]。鬼神不能正人事之变戾兮[30]，圣贤亦不能开愚夫之违惑[31]。出门则不可与偕往兮[32]，藏器又蚩其不容[33]。退洗心而内讼兮[34]，亦未知其所从也[35]。观上古之清浊兮[36]，廉士亦茕茕而靡归[37]。殷汤有卞随与务光兮[38]，周武有伯夷与叔齐[39]。卞随务光遁迹于深渊兮[40]，伯夷、叔齐登山而采薇[41]。使彼圣贤其繇周遑兮[42]，矧举世而同迷[43]。若伍员与屈原兮[44]，固亦无所复顾[45]。亦不能同彼数子兮[46]，将远游而终慕[47]。于吾侪之云远兮[48]，疑荒涂而难践[49]。惮君子之于行兮[50]，诫三日而不饭[51]。嗟天下之偕违兮[52]，怅无与之偕返[53]。孰若返身于素业兮[54]，莫随世而输转[55]。虽矫情而获百利兮[56]，复不如正心而归一善[57]。纷既迫而后动兮[58]，岂云禀性之惟褊[59]。昭同人而大有兮[60]，明谦光而务展[61]。遵幽昧于默足兮[62]，岂舒采而蕲显[63]。苟肝胆之可同兮[64]，奚须发之足辨也[65]。"

【注释】

①呜：亦作嗟。嗟（jiē）：叹息。嗟乎，感叹词。②遐：远。邈：遥远。③时：时机。曷：何。④去：离去。速：快。⑤屈：委屈，屈服。从：顺从，跟随。⑥

悲吾族：让我们这类人悲伤。（非吾徒：此谓非己之意也。）⑦正身：端正自身。⑧就木：入棺材，死。木，指棺材。⑨悠悠：形容长久。偕：一同，在一起。此句意谓将与时俱老。⑩觉：醒悟。⑪忧：忧闷。⑫期：期望。⑬惶惶：恐惧的样子。匪：通“非”。宁：安宁。⑭秖：恰好。⑮藩：篱笆。⑯摧：折断。⑰不出户庭：指不出门。⑱庶：庶几，差不多。⑲重：重复。⑳丁：逢，当。三代：指夏、商、周时期。盛隆：鼎盛。㉑三季：夏、商、周。俗：习俗。㉒辨：通“辩”，言辞动听。通：通达，这里指进用。㉓贞士：坚贞之士。耿介：正直。自束：自我约束。㉔日三省于吾身：每日多次反省自己。三，多次，非实数。㉕繇（yóu）：同“犹”。进退之惟谷：进退两难。㉖寔：同“实”，确实。徒：同党。㉗指其白以为黑：指颠倒是非。㉘信：的确。嫮（hù）：美好。眇：瞎了一只眼。㉙辩：口才好。讷：语言迟钝。㉚正：纠正。变戾：变异与乖戾。㉛愚夫：愚昧的人。违：违背。㉜往：去。㉝藏器：怀才不露。器，才能。蚩：同“嗤”，讥笑。㉞内讼：自我责备。㉟从：适从。㊱清浊：治乱。㊲廉士：廉洁之士。茕茕：孤独无依的样子。靡：没有。㊳卞随与务光：皆古代隐士。㊴周武：周武王。㊵遁迹：这里指投水自尽。㊶山：首阳山。㊷周：普遍。遑：闲暇。㊸矧（shěn）：何况。举：全。㊹伍员：字子胥，春秋时期楚国人。㊺顾：回头看，这里形容留恋。㊻数子：指卞随、务光、伯夷、叔齐、伍员和屈原等人。㊼终慕：终生期慕。㊽吾侪：我辈。㊾涂：道路。㊿惮：怕。(51)三日而不饭：指旅途艰难。(52)违：违背。(53)怅：惆怅。(54)孰若：何如。素：一向。(55)输转：随波逐流。(56)矫情：违背真情。百利：多种利益。(57)复：反倒。正：端正。(58)纷：杂乱的样子。(59)褊（biǎn）：狭隘。(60)昭：光明。(61)展：省视。(62)遵：遵循。默足：箴默自足。(63)舒采：指表现才能。采，通“彩”。蕲（qí）：通“祈”，求。显：显赫。(64)苟：假如。肝胆：心意。(65)奚：什么，为什么。须发：胡须、头发。

【赏析】

董仲舒是为中国封建社会的发展做出过创新性改变的人，他提出的“罢黜百家，独尊儒术”的建议，使得儒学在封建社会得到了充分的发展。正因为如此，他得到了汉武帝的重用，他提出的“三纲五常”成为当时的官方哲学，而经学研究也因为董仲舒的大力推崇而在汉代盛行起来。

结合当时的社会大环境来看，董仲舒有着自己内心的不痛快。所以，如果要为汉代的文人列出一个最具争议人物的榜单来，那么董仲舒一定是名列前茅的。所以他的这篇赋序中便显出满腹的委屈，陈词激昂，开头一句“呜乎嗟乎！遐哉邈矣”，伍员、屈子、伯夷、叔齐都是士之不遇、可堪哀叹的例子，作者显然不想做这样的人而抱憾终生。

接下来作者在第一段这样写道：“生不丁三代之盛隆兮，而丁三季之末俗。以辨诈而期通兮，贞士耿介而自束，虽日三省于吾身，繇怀进退之惟谷。”立于长江边上吊唁屈原，董仲舒认为自己和古代的那些“贞士”一样难遇贤主，故而登碣石洒泪，望向流逝的江水滔滔，独自悲嗟哀叹，恨不得将天地间所有可以形容哀苦的词语都拿来用。草木凄凉，秋风萧瑟，独自一人站立在石头上，犹如天地间的一个孤独个体，这个世界在他的眼中完全颠覆。悲伤逆流而下，将他湮没其中，唯一永恒沉静的，便是头顶的日月更替、岁月流转。董仲舒的行文豁达令人折服，其文中所充满的阴郁和不可抗拒的悲剧色彩，也是令人不能不为之动容的。

对于像董仲舒这样的传统士人来说，盛世不遇是他们最为尴尬的事情。作者经历了汉朝最为辉煌的两个时期：一为文景之治，二为汉武盛世，可以说他选择在一个最好的时代完成他一生的过渡；但是这个盛世却并没有让他顺利地实现他的理想和抱负。

对于董仲舒的不遇，鲁迅《汉文学史纲要》说董仲舒《士不遇赋》“虽为粹然儒者之言，而牢愁狷狭之意尽矣”，一语道破了这位西汉鸿儒的内心隐痛，对他的怀才不遇做了十分精准的解释。

大有作为的儒士，他们通常比埋头学术的儒士更勤奋、更刻苦，因为只有这样，他们才能证明自己的做法是正确的。所以，董仲舒的一生著作等身，各类学术研究是有目共睹的，这也令他得到了汉武帝的青睐——从此被任命为江都王相，就此踏上仕途。虽然对学术精通，但官场上如何和帝王打交道，想来他是不清楚的。汉武帝欣赏董仲舒所提出的“独尊儒术”，是因为这样可以巩固其权力统治；除此之外，董仲舒这个儒士和作为政治家的汉武帝之间不会有太多的共同语言。

这样，便可以理解作者因何感慨盛世不遇了：这不是时代的问题，而是在那种专制王权的统治下。“观上古之清浊兮，廉士亦茕茕而靡归……昭同人而大有兮，明谦光而务展。遵幽昧于默足兮，岂舒采而蕲显。苟肝胆之可同兮，奚须发之足辨也”。这一切不过是文人士大夫正常的感叹唏嘘。

这篇《士不遇赋》是董仲舒晚年所写，作者在赋中抒发了他个人的不遇悲慨，同时也是一代士人在大一统政治环境下普遍不遇的真实境况的反映。比较特殊的一点是这篇赋表现出十分浓厚的儒家色彩。作者借文表达了其人格与志趣，同时也有其对世事的关怀和对政治理想的陈述。

西都赋

班　固

有西都宾问于东都主人曰：“盖闻皇汉之初经营也，尝有意乎都河洛矣①。缀而弗康②，实用西迁，作我上都。主人闻其故而睹其制乎？”主人曰：“未也。愿宾摅怀旧之蓄念③，发思古之幽情，博我以皇道，弘我以汉京。”宾曰：“唯唯。”

汉之西都，在于雍州，实曰长安。左据函谷、二崤之阻④，表以太华⑤、终南之山。右界褒斜、陇首之险，带以洪河、泾、渭之川。众流之隈，汧涌其西。华实之毛，则九州之上腴焉。防御之阻，则天下之隩区焉⑥。是故横被六合，三成帝畿⑦，周以龙兴，秦以虎视。及至大汉受命而都之也，仰寤东井之精，俯协《河图》之灵。奉春建策，留侯演成⑧。天人合应⑨，以发皇明⑩，乃眷西顾，实惟作京。于是睎秦岭⑪，睋北阜⑫，挟酆灞，据龙首。图皇基于亿载⑬，度宏规而大起。肇自高而终平⑭，世增饰以崇丽。历十二之延祚⑮，故穷奢而极侈。建金城其万雉⑯，呀周池而成渊。披三条之广路，立十二之通门。内则街衢洞达⑰，闾阎且千⑱，九市开场，货别隧分。入不得顾，车不得旋，阗城溢郭⑲，旁流百廛。红尘四合，烟云相连。于是既庶且富，娱乐无疆。都人士女，殊异乎五方。游士拟于公侯，列肆侈于姬姜⑳。乡曲豪举，游侠之雄，节慕原、尝，名亚春、陵。连交合众，骋骛乎其中㉑。

若乃观其四郊，浮游近县，则南望杜、霸，北眺五陵。名都对郭，邑居相承。英俊之域，绂冕所兴㉒。冠盖如云，七相五公㉓。与乎州郡之豪杰，五都之货殖，三选七迁，充奉陵邑。盖以强干弱枝，隆上都而观万国也。封畿之内，厥土千里，逴跞诸夏[24]，兼其所有。其阳则崇山隐天，幽林穹谷[25]，陆海珍藏，蓝田美玉。商、洛缘其隈，鄠、杜滨其足[26]，源泉灌注，陂池交属。竹林果园，芳草甘木，郊野之富，号为近蜀。其阴则冠以九嵕，陪以甘泉，乃有灵宫起乎其中。秦汉之所以极观，渊云之所颂叹，于是乎存焉。下有郑、白之沃，衣食之源。提封五万，疆埸绮分，沟塍刻镂[27]，原隰龙鳞，决渠降雨，荷插成云。五谷垂颖[28]，桑麻铺棻[29]。东郊则有通沟大漕，溃渭洞河[30]，泛舟山东，控引淮湖，与海通波。西郊则有上囿禁苑，林麓薮泽，陂池连乎蜀汉，缭以周墙[31]，四百余里。离宫别馆，三十六所。神池灵沼，往往而在。其中乃有九真之麟，大宛之马，黄支之犀，条支之鸟。逾昆仑，越巨海，殊方异类，至于三万里。

其宫室也，体象乎天地，经纬乎阴阳。据坤灵之正位[32]，放太紫之圆方。树中天之华阙，丰冠山之朱堂。因瑰材而究奇，抗应龙之虹梁。列棼橑以布翼，荷栋桴而高骧。雕玉瑱以居楹[33]，裁金壁以饰珰。发五色之渥彩，光焰朗以景彰。于是左城石平，重轩三阶。闺房周通，门闼洞开[34]。列钟虡于中庭，立金人于端闱。仍增崖而衡阈[35]，临峻路而启扉[36]。徇以离殿别寝[37]，承以崇台闲馆，焕若列宿，紫宫是环。清凉、宣温、神仙、长年、金华、玉堂、白虎、麒麟，区宇若兹，不可殚论[38]。增盘崔嵬，登降炤烂[39]，殊形诡制，每各异观。乘茵步辇[40]，惟所息宴。后宫则有掖庭[41]、椒房，后妃之室。合欢、增城、安处、常宁、茝若、椒风、披香、发越、兰林、蕙草、鸳鸾、飞翔之列，昭阳特盛，隆乎孝成。屋不呈材，墙不露形。裛以藻绣[42]，络以纶连。随侯明月，错落其间。金釭衔璧，是为列钱。翡翠火齐，流耀含英。悬黎垂棘，夜光在焉。于是玄墀扣砌，玉阶彤庭，碝磩彩致，琳珉青荧，珊瑚碧树，周阿而生。红罗飒纚，绮组缤纷。精曜华烛，俯仰如神。后宫之号，十有四位。窈窕繁华，更盛迭贵。处乎斯列者，盖以百数。左右庭中，朝堂百寮之位，萧曹魏邴，谋谟乎其上。佐命则垂统，辅翼则成化。流大汉之恺悌，荡亡秦之毒螫。故令斯人扬乐和之声，作画一之歌。功德著于祖宗，膏泽洽于黎庶。又有天禄、石渠，典籍之府。命夫谆诲故老[43]，名儒师傅，讲论乎《六艺》，稽合乎同异[44]。又有承明、金马、著作之庭。大雅宏达[45]，于兹为群。元元本本，殚见洽闻。启发篇章，校理秘文。周以钩陈之位[46]，卫以严更之署，总礼官之甲科，群百郡之廉孝。虎贲赘衣[47]，阉尹阍寺。陛戟百重，各有典司。周庐千列，徼道绮错。辇路经营[48]，修除飞阁。自未央而连桂宫，北弥明光而亘长乐。凌隥道而超西墉[49]，掍建章而连外属。设璧门之凤阙，上觚棱而栖金爵。内则别风之嶕峣[50]，眇丽巧而耸擢，张千门而立万户，顺阴阳以开阖。尔乃正殿崔嵬，层构厥高，临乎未央。经骀汤而出娑，洞枍诣以与天梁。上反宇以盖戴[51]，激日景而纳光。神明郁其特起，遂偃蹇而上跻[52]。轶云雨于太半，虹霓回带于棼楣。虽轻迅与僄狡[53]，犹愕眙而不能阶[54]。攀井干而未半[55]，目眴转而意迷[56]，舍棂槛而却倚[57]，若颠坠而复稽，魂怳怳以失度[58]，巡回途而下低，既惩惧于登望[59]，降周流以彷徨。步甬道以萦纡，又杳窱而不见阳。排飞闼而上出[60]，若游目于天表，似无依而洋洋[61]。前唐中而后太液，揽沧海之汤汤。扬波涛于碣石，激神岳之嶈嶈。滥瀛洲与方壶，蓬莱起乎中央。于是灵草冬荣，神木丛生。岩峻崷崒[62]，金石峥嵘。抗仙掌以承露，擢双立之金茎，轶埃壒之混浊，鲜颢气之清英。骋文成之丕诞，驰五利之所刑。庶松乔之群类，时游从乎斯庭。实列仙之攸馆，非吾人之所宁。

尔乃盛娱游之壮观，奋泰武乎上囿。因兹以威戎夸狄，耀威灵而讲武事。命荆州使起鸟、诏梁野而驱兽。毛群内阗，飞羽上覆，接翼侧足，集禁林而屯聚。水衡虞人，修其营表。种别群分，部曲有署。罘网连纮，笼山络野[63]。列卒周匝，星罗云布。于是乘銮舆，备法驾，帅群臣，披飞廉，入苑门。遂绕酆鄗，历上兰。六师发逐，百兽骇殚，震震爚爚，雷奔电激，草木涂地，山渊反覆。蹂躏其十二三，乃拗怒而少息。尔乃期门佽飞，列刃钻鍭，要趹追踪。鸟惊触丝，兽骇值锋。机不虚掎，弦不再控。矢不单杀，中必叠双。飑飑纷纷，矰缴相缠[64]。风毛雨血，洒野蔽天。平原赤，勇士厉。猿狖失木，豺狼慑窜[65]。尔乃移师趋险，并蹈潜秽。穷虎奔突，狂兕触蹶。许少施巧，秦成力折。掎僄狡，扼猛噬。脱角挫脰，徒搏独杀。挟师豹，拖熊螭。曳犀犛，顿象罴。超洞壑，越峻崖。蹶巉岩[66]，巨石隤。松柏仆，丛林摧。草木无余，禽兽殄夷。于是天子乃登属玉之馆，历长扬之榭。览山之体势，观三军之杀获。原野萧条，目极四裔。禽相镇压，兽相枕藉。然后收禽会众，论功赐胙。陈轻骑以行炰，腾酒车以斟酌。割鲜野食，举烽命釂。飨赐毕，劳逸齐，大辂鸣銮，容与徘徊。集乎豫章之宇，临乎昆明之池。左牵牛而右织女，似云汉之无涯。茂树荫蔚，芳草被堤。兰茝发色，晔晔猗猗。若摛锦布绣，烛耀乎其陂。鸟则玄鹤白鹭，黄鹄䴔鹳，鸧鸹鸨鶂[67]，凫鹥鸿雁。朝发河海，夕宿江汉。沉浮往来，云集雾散。

于是后宫乘輚辂，登龙舟。张凤盖，建华旗。祛黼帷[68]，镜清流。靡微风，澹淡浮。棹女讴，鼓吹震，声激越，謍厉天，鸟群翔，直窥渊。招白鹇，下双鹄。揄文竿，出比目。抚鸿罿，御矰缴，方舟并骛，俯仰极乐。遂乃风举云摇，浮游溥览。前乘秦岭，后越九嵕，东薄河华[69]，西涉岐雍。宫馆所历，百有余区。行所朝夕，储不改供。礼上下而接山川，究休佑之所用。采游童之欢谣，第从臣之嘉颂。于斯之时，都都相望，邑邑相属。国籍十世之基，家承百年之业，士食旧德之名氏，农服先畴之畎亩，商循族世之所鬻，工用高曾之规矩。粲乎隐隐，各得其所。

若臣者徒观迹于旧墟，闻之乎故老，十分而未得其一端，故不能遍举也。

【注释】

①河洛：东都有河南洛阳，所以叫河洛。②缀：止。康，安定。③摅：抒发。蓄：积。④二崤：其中南陵是夏后皋的墓，北陵是文王避风雨的地方。⑤表：标。⑥隩：四方之土可定居者。⑦三成帝畿：指周、秦、汉。⑧演：引。⑨天：指五星。人：指娄敬。⑩皇：指高祖。⑪睎：望。秦岭：南山。⑫睋：视。北阜：山名。⑬载：年。⑭高：高祖。⑮祚：禄。⑯雉：长三丈，高一丈。⑰街：四通八达。⑱闾：里门。阎：里中门。⑲阗：同“填”，“满”的意思。⑳肆：市中陈放物品的地方。㉑骋：直驰。骛：乱驰。㉒绂：绶。冕：大夫以上级别的冠帽。㉓相：丞相。公：御史大夫、将军的通称。㉔逴跞：犹言超绝。㉕穹谷：深谷。㉖滨：涯。㉗塍：稻田中的畦。㉘颖：禾穗。㉙棻：通“纷”，盛貌。㉚洞：疾流。㉛缭：同“绕”。㉜坤：地道。㉝楹：柱。㉞闼：门内。㉟仍：因。㊱峻：高大。㊲徇：循。㊳殚：尽。㊴炤：明，音“照”。烂：意思是明。㊵茵：蓐。㊶掖庭：宫人居住的地方。㊷裛：缠。㊸谆：勉励。诲：教诲。㊹稽：考。㊺大雅：指

有大雅之风的贤才。㊻钩陈：后宫。㊼赘：通“缀”。㊽辇路：辇道，阁道。㊾隥：阁道。墉：城。㊿嶕峣：高。51盖戴：覆盖。52跻：上升。53僄狡：轻。54愕：惊。眙：惊貌。55井干：井栏。56眴：看不清。57槛：楯。58怳：失意。59惩：恐惧。60排：推。61洋洋：无所归的样子。62岩：险。峻：峭高。63络：绕。64矰：高。65慑：惧。66巉岩：高峻的样子。67䴔：一种水鸟。68祛：举。69薄：迫。河：指黄河。华：指华山。

【赏析】

长安的繁荣被看作汉代兴盛的标志，许多文人为了歌颂帝王的丰功伟绩，纷纷提笔写赋词，为的就是将大汉朝的繁荣记录后载入史册，留予后人。班固作为当时的文人，自然免不了也要歌颂一番，于是，在这篇《西都赋》里，长安城的繁华景象跃然纸上。

乡土豪绅、游侠豪杰，从四面八方赶来长安，驰骋其中。四郊近县，南北相望，这些意气风发的贵族从各地赶来长安。还有朝廷选中的七相五公、州郡豪杰，都是西汉政府为了削弱地方势力和壮大京城实力，而专门迁移来担当供奉皇陵的重任。

成群结队的商队从长安出发，他们带走的是大汉的文明，带回来的却是一袋又一袋奇珍异宝和珍贵货物。各国的商人慕名而来，他们在长安落脚，为天子献上各地的宝物，越来越多的人在长安进行商业贸易，使得长安日益繁华起来。正是因为经商可以迅速致富，所以，长安的官员贵族们也开始从事商业活动。他们的加入，令商人队伍更加庞杂，而其利用政治地位之便与百姓争夺生意利润的事情也开始屡见不鲜。

西都的繁华也体现在天子狩猎的壮观场面上。汉天子为了展示狩猎场面的壮观，通常会同时举行练兵和游行，使得每一次的狩猎活动都犹如检阅一般壮观盛大。

司马迁曾在《史记》中记载道：“汉兴，海内为一，开关梁，弛山泽之禁，是以富商大贾周流天下，交易之物莫不通，得其所欲。”

这篇《西都赋》为后人呈现了一个大汉都城的繁荣景象。商业在其中举重若轻。在当时的长安城里是九市一起开，不同的货物摆放路边，等着客人来挑选，拥挤的人潮使得车辆都无法通行。各地的人们都来长安经商，他们在闹市中集会，不论富贵与否，对于商业活动的参与都是十分频繁的。恰如当时西汉有一句民间谚语：“以贫求富，农不如工，工不如商，刺绣文不如倚门市。”

第三篇

乐府诗香醉千古

白头吟

卓文君

皑如山上雪[①]，皎若云间月。闻君有两意[②]，故来相决绝[③]。今日斗酒会[④]，明旦沟水头。躞蹀御沟上[⑤]，沟水东西流[⑥]。凄凄复凄凄，嫁娶不须啼。愿得一心人，白头不相离。竹竿何袅袅[⑦]，鱼尾何簁簁[⑧]。男儿重意气[⑨]，何用钱刀为[⑩]。

【注释】

①皑：白。②两意：就是二心，指情变。③决：别。④斗：盛酒的器具。⑤躞蹀：行貌。御沟：流经御苑或环绕宫墙的沟。⑥东西流：即东流。“东西”是偏义复词，此处偏用“东”字的意义。⑦竹竿：指钓竿。袅袅：动摇貌。⑧簁簁（shāi）：形容鱼尾像濡湿的羽毛。中国歌谣里的“钓鱼”是男女求偶的象征隐语。此处用隐语表示男女相爱的幸福。⑨意气：这里指感情、恩义。⑩钱刀：古时的钱有铸成马刀形的，叫作刀钱，所以钱又称为钱刀。

【赏析】

当年在卓王孙宴席之上，司马相如以一曲“……凤兮凤兮归故乡，遨游四海求其皇。时未遇兮无所将，何悟今兮升斯堂！有艳淑女在闺房，室迩人遐毒我肠。何缘交颈为鸳鸯，胡颉颃兮共翱翔……”赢得美人心，于是就有了一段传唱千年的爱情佳话。只是后来司马相如变心，在卓文君韶华不再、风光过后，司马相如有了纳妾的念头。在看到司马相如托人送来那首数字诗“一二三四五六七八九十千万”，卓文君怎么会不明白变了心的男人，如难收的覆水不可挽回呢？于是才会有这首《白头吟》。

“愿得一心人，白头不相离。”可是谁能想到两人还未见白头，离别却是必然的事情了。佛语有云：“前世五百次的回眸，换来今生的一次擦肩而过。”不知道用了前世多少次的擦肩而过，才能换来这半生的厮守。从决绝地随着司马相如私奔，卓文君就将自己的命运把握在了自己的手中。

同样的感情，卓文君还作过一首《怨郎诗》：“一别之后，二地相悬。只说三四个月，谁知五六年。七弦琴无心弹，八行字无可传，九连环从中折断，十里长亭望眼欲穿。百思念，千系念，万般无奈把郎怨。万语千言说不完，百无聊赖十依栏。九重九登高看孤雁，八月中秋月圆人不圆。七月半，秉烛烧香问苍天，六月伏天人人摇扇我心寒。五月石榴似火红，偏遇阵阵冷雨浇花端。四月枇杷未黄，我欲对镜心意乱。忽匆匆，三月桃花随水转，飘零零，二月风筝线儿断。噫，郎呀郎，巴不得下一世，你为女来我做男。”

读完《白头吟》，再来看这首诗，令人难以相信，那个被她信赖、被她仰仗的男人，也同世间其他男子一样寡情薄幸。在她年色衰退之后，他便要负她，便要背弃他们两人早年的誓言，另结新欢。命运像远山顶上按捺不住的游云，随风袅袅，人生万里路，早已是飘散得不成形状了。其实，聪慧的女诗人，又怎是那普通女子所能比的？“闻君有两意，故来相决绝”其实是一种爱情忠贞的示威，一句“决绝”，负心人岂能不明白这位与自己相爱私逃的女子的与众不同？美妾可得，佳人才女与爱妻却是此生难求的。“男儿重意气，何用钱刀为”，“负心”这个名头司马相如着实担不得。也许，他在接到《白头吟》后后悔的神情早在卓文君的预料之中。

而之后两人重修旧好，共携手白头，也真的实现了卓文君“白头不相离”的诺言。

北方有佳人

李延年[①]

北方有佳人[②]，绝世而独立。一顾倾人城，再顾倾人国。宁不知倾城与倾国，佳人难再得。

【注释】

①李延年（？—约前90），汉武帝时造诣很高的音乐家，中山人（今河北省定州市），父母兄弟妹均通音乐，都是以乐舞为职业的艺人。②佳人：即后来的李夫人，武帝宠妃。

【赏析】

这首《北方有佳人》是汉武帝时期的乐师李延年所作之歌，是专门为了赞美他的妹妹美丽动人而作的。当年李延年为了将自己的妹妹献给汉武帝，便精心编排谱写了这首歌曲，虽然是高度的夸张，但是起到了一定的效果，令汉武帝对这位倾国倾城的美人起了好奇之心。相传那一日，本是汉武帝刘彻在宫中大摆宴席、宴请群臣的时候，平阳公主和宫廷的乐师李延年一起侍宴，就在汉武帝酒酣微醉之时，李延年献上了这首《北方有佳人》。

刘彻一生文治武功，家国天下，从不将儿女私情放在心上，却唯独对李延年歌词中所唱的这位佳人念念不忘。他认为天下间哪会有这样的女子，便感慨道："世间怎么会有你唱的这样的绝世佳人呢？"

李延年这才坦白承认，他口中的这位佳人便是他的妹妹。天子无法掩饰内心的悸动，他命李延年送美貌的妹妹入宫。李延年口中的佳人果然国色天香、倾国倾城，她不但容貌美丽，而且体态轻盈，舞姿曼妙，精通音律，更是知书达理。于是汉武帝将这位女子纳为妃子，后人称其为李夫人。《汉书·外戚传》中称李夫人为"实妙丽善舞"，刘彻更是对这位李夫人疼爱有加，从此后宫上千佳丽粉黛全无颜色，帝王只是终日与李夫人相偎相伴。这就是历史上有名的"倾国倾城"的故事。

秋风辞

刘　彻

秋风起兮白云飞，草木黄落兮雁南归。兰有秀兮菊有芳[①]，怀佳人兮不能忘。泛楼船兮济汾河[②]，横中流兮扬素波。箫鼓鸣兮发棹歌[③]，欢乐极兮哀情多。少壮几时兮奈老何！

【注释】

①兰：比拟佳人。"菊"同。秀：此指颜色。芳：花的香气。②楼船：上面建造楼的大船。汾河：起源于山西宁武，从西南流至河津入黄河。③棹：船桨。

这里代指船。

【赏析】

公元前113年，刘彻率领群臣到河东郡汾阳市祭祀后土，归途中传来南征将士的捷报，所以，他将当地改名为闻喜，沿用至今。当时正值秋风萧瑟，大雁南飞迁徙，刘彻乘坐楼船泛舟汾河，饮酒赏景，触景生情，感慨万千，写下了这首千古绝唱《秋风辞》。

开篇两句，清远流丽，清代文人沈德潜读后批出"《离骚》遗响"四个字。在这首短小的《秋风辞》中，诗人将自己一生的情感波折展露无遗。整首赋词以景物起兴，接着描写楼船中载歌载舞的热闹景象，透过这热闹繁华的景象，刘彻看到了人生的匆忙流逝，乐极生悲，觉得岁月真是如风如雨，从指尖匆匆溜走，不留给人一丝喘息的机会。人生易老，是这位帝王内心深处始终忌讳的事情。

按照《汉书·武帝纪》从时间上推算，刘彻作《秋风辞》时大概四五十岁，正是知天命的年纪；而且从《历代帝王诗》作者毛翰的口中，也可以得知刘彻为何悲伤："贵为天子，拥有三千佳丽、九州方园，比平民百姓更难抛舍，因而超前伤老，也在情理之中。"可以看出，刘彻是不愿意老去的，这就为他老年之后极力寻求仙方，妄想得道成仙的举动做了解释。正是壮年时期的成功和意气风发，才使得他更加不愿意离开这个带给他许多成功和满足感的舞台，他要不惜一切代价地留下来。

从一句"欢乐极兮哀情多"就可以看出，诗人虽然是堂堂大汉朝的君王，但他依然不快乐。正因为这个世界带给了他太多的快乐，所以使得他愈加悲伤，这看似矛盾的命题其实是刘彻作为一个成功君主的心病所在。当盛年不再，看着自己渐渐老去，甚至死去，这对作为皇帝的诗人来说，应该是无法忍受的吧。清代文人王尧衢在《古诗合解》中对刘彻的此种心境一语道破天机："乐极悲来，乃人情之常也。愁乐事可复而盛年难在。武帝求长生而慕神仙，正为此一段苦处难遣耳。念及此而歌啸中流，顿觉兴尽，然自是绝妙好辞。"

人的生老病死难以避免，就算是君王也难逃这一劫，再多的荣华富贵也只是过眼云烟。当一切随着死亡而不复存在的时候，想到这一切，又该如何不忧伤呢？更何况在万物萧瑟的秋季，看着满目萧然的景色，又该如何释怀呢？如果成为神仙，就不会有这一切的担忧了，春夏秋冬就对生命无法构成威胁，就不用日夜在这里悲叹生命的短暂了。

草木易衰，人生易逝，与短暂的富贵相比，死亡将会令人心生感伤。《秋风辞》的最后突兀结尾，以凄婉含蓄的感叹收住，极尽曲折绵绵之情，就好像沈德潜所言：“《离骚》遗响。文中子谓乐极哀来，其悔心之萌乎？”虽然比起《离骚》的文辞来说，刘彻略输一二，但文中的情结却并不逊色。

怨词

王昭君

秋木萋萋，其叶萎黄，有鸟处山，集于芭桑[1]。养育毛羽，形容生光[2]，既得行云，上游曲房[3]。离宫绝旷，身体摧藏，志念没沉，不得颉颃[4]。虽得委禽[5]，心有徊惶，我独伊何，来往变常[6]。翩翩之燕，远集西羌[7]，高山峨峨，河水泱泱[8]。父兮母兮，进阻且长，呜呼哀哉！忧心恻伤。

【注释】

①芭桑：丛生的桑树。②形容：形体和容貌。③曲房：皇宫内室。④颉颃（xié háng）：鸟儿上飞为颉，下飞为颃。指鸟儿上下翻飞。⑤委：堆。⑥来往：此处指皇宫内夜夜将佳丽送去给帝王宠幸。⑦西羌：居住在西部的羌族。⑧泱泱：水深广袤。

【赏析】

“千载琵琶作胡言，分明怨恨曲中论。”昭君的一曲《怨词》真唱出了她当时义无反顾和哀莫大于心死的心境。

秋日中葱郁的树木，已经枝叶金黄：那寄居山里的飞鸟，在放声歌唱。因为故乡的山水，使得它们体格鲜亮。天边的云霞，却将昭君带入了深宫。在宫中，就如同被困的金丝鸟一样寂寞，当自由失去，梦想便如同大山沉沉地压下。虽然每日锦衣玉食，但总是觉得茶饭不思；而命运依然没有改变，如同远行的飞禽一般。王昭君将自己搁置在远离中原的匈奴，无论是思念还是目光，都无法穿越那层层大山的阻隔，山高水远，家里的父母亲人，大概后会无期了吧。

就在诗人24岁时，丈夫去世，按照匈奴的制度，王昭君应当嫁给新一任单于，这对于从小恪守礼教的王昭君来说是如此难以接受。她写信回汉室求助，但可惜得来的只是冷冰冰的遵从旨意。王昭君虽然无奈下嫁给了大阏氏的长子雕陶莫皋，但感情还算笃定。两人经历了十几年的夫妻生活后，单于再一次去世。这时的王昭君已经年近四十，对于一个女人来说，她经历万事，已经没有什么看不开的了。随后的日子里，王昭君独自为匈奴和汉朝的边疆关系协调做着努力，使得边疆出现了少有的平和与宁静。

而后人对昭君出塞有过太多的咏叹："汉家秦地月，流影照明妃；一上玉关道，天涯去不归。汉月还从东海出，明妃西嫁无来日。燕支长寒雪作花，蛾眉憔悴没胡沙。生乏黄金枉图画，死留青冢使人嗟。昭君拂玉鞍，上马啼红颊。今日汉宫人，明朝胡地妾。"《昭君怨》是唐朝盛世时期诗人李白为王昭君写下的一首哀婉怜惜的诗。

王昭君最后抑郁而终，最终没能回到那个令她魂牵梦萦的中原故土。昭君死后，葬于当地，因为她的墓依山傍水，始终草色青葱，所以又被后人称为"青冢"。

团扇歌

班婕妤①

新裂齐纨素②，鲜洁如霜雪。裁为合欢扇，团团似明月。出入君怀袖，动摇微风发。常恐秋节至，凉飙夺炎热③。弃捐箧笥中④，恩情中道绝。

【注释】

①班婕妤：名不详。楼烦（今山西宁武）人。西汉女文学家。班固祖姑。少有才学，善辞赋，汉成帝时选入后宫，后立为婕妤，故人称班婕妤（又作倢伃）。②纨：细绢，一种很细的丝织品。③凉飙：凉风。④箧：一种箱子。

【赏析】

《团扇歌》，又名《怨歌行》《怨诗》，是诗人因为宫中生活寂寞无奈而作。在这首诗中，诗人以团扇自比，道出这人世间翻云覆雨的变幻。"新裂齐纨素，鲜洁如霜雪”，诗人声声自问，本是干净如雪的团扇，代表了浓情蜜意的团扇，一直捧在君王的怀中，微摇清风，驱除暑气，怎么就突然被扔弃在一旁，一切恩情都通通决绝了呢?

班婕妤其人名字无法考究，只知汉成帝的后宫之中，有名女子为班氏，是越骑校尉班况的女儿，进宫后被选为婕妤，所以后人常以班婕妤来称呼她。班婕妤貌美、聪慧，更有着世间少有的才情。虽然汉成帝对班婕妤专宠多年，但班婕妤庄重自持，太过拘泥于礼教礼法，时间一久，成帝的热情自然在悄无声息中消散殆尽。后来，在一次微服出游时，成帝遇到了一名歌女。她娇艳动人，歌舞曼妙，成帝怦然心动，将此女子带回宫中，从此缠绵厮守，班婕妤便被冷落一旁，这名女子便是赵飞燕。

清代纳兰容若在《木兰花令》中用班婕妤典曰："人生若只如初见，何事西风悲画扇。"看似平淡无奇的诗词中，却是藏着深深的叹息。而这首《团扇歌》就是作得再好，也难以掩去诗人内心的疼痛：山盟虽在，情意不再。

后世钟嵘《诗品》评此诗说："《团扇》短章，辞旨清捷，怨深文绮，得匹妇之致。"沈德潜《古诗源》评语中，也说它"用意委婉，音韵和平"。

四愁诗

张　衡

我所思兮在太山，欲往从之梁父艰[①]。侧身东望涕沾翰[②]。美人赠我金错刀[③]，何以报之英琼瑶[④]。路远莫致倚逍遥[⑤]，何为怀忧心烦劳。

我所思兮在桂林[⑥]，欲往从之湘水深[⑦]。侧身南望涕沾襟。美人赠我琴琅玕[⑧]，何以报之双玉盘。路远莫致倚惆怅，何为怀忧心烦怏。

我所思兮在汉阳[⑨]，欲往从之陇阪长[⑩]。侧身西望涕沾裳。美人赠我貂襜褕[⑪]，何以报之明月珠。路远莫致倚踟蹰[⑫]，何为怀忧心烦纡。

我所思兮在雁门[⑬]，欲往从之雪纷纷[⑭]。侧身北望涕沾巾。美人赠我锦绣段[⑮]，何以报之青玉案[⑯]。路远莫致倚增叹，何为怀忧心烦惋。

【注释】

①梁父：泰山下小山名。②翰：衣襟。③金错刀：刀环或刀柄用黄金镀过的佩刀。④英：同“瑛”，似玉一样的美石。琼瑶：两种美玉。⑤倚：通“猗”，语气助词，无实际意义。⑥桂林：郡名，今广西壮族自治区地。⑦湘水：源出广西壮族自治区兴安县阳海山，向东北流入湖南省后会合潇水，入洞庭湖。⑧琴琅玕：琴上用琅玕装饰。⑨汉阳：郡名，前汉称天水郡，后汉改为汉阳郡，位于今甘肃省甘谷县南。⑩陇阪：山坡为“阪”。天水有大阪，名陇阪。⑪襜褕：直襟的单衣。⑫踟蹰：徘徊不前的样子。⑬雁门：郡名，位于今山西省西北部。⑭纷纷：雪盛貌。⑮段：同“缎”，履后跟。⑯案：放食器的小几，形如有脚的托盘。

【赏析】

这是诗人内心的思考。从这首诗歌中，可以看到作者内心的犹豫和挣扎；他思念的人远在泰山，想要去寻找，却因为道路的险阻而泪眼蒙眬。他想要送给美人美玉，却因为道路太远，只能独自徘徊，为此烦忧。他思念的人远在桂林，虽然想去追随，但湘水深沉，不得过去，只能侧目相望。他想赠送美人双玉盘，但同样有心无力，继续烦忧。面对无法跨越的路程和层层阻隔，他心生烦忧，只能哀叹。

《四愁诗》的主旨便是一个“愁”字。

“美人赠我锦绣段，何以报之青玉案。路远莫致倚增叹，何为怀忧心烦惋。”最后一句还在为自己的无能为力而忧伤，其实更多的是感叹生不逢时，无法施展自己的才华来为社稷所用，不知道报国之路在何方。张衡极有气节，是一个不随波逐流的人，在政治舞台上，他无法做到同流合污，这样的他必定无法见容于当时的官场。

张衡所走的正是中国知识分子所追求的人生道路。对知识的渴望和累积令他一直出类拔萃。张衡的前半生可以看作是为知识而奋斗，无论是在书本上还是在实践中，他都付出了很大的努力。

虽然淡泊名利，但张衡并不是一介儒生，他有着崇高的政治理想。在为官历程中，他总是坚持自己的立场，不畏强权。他始终站在国家和人民的立场上，他希望当朝的统治者可以勤政爱民，使得大汉朝恢复汉武时期的辉煌。可惜，张衡所处时代的政治已经日益腐败，宦官、官员之间争权夺利，民间百姓痛苦不堪。张衡对这些现象深恶痛绝，他向皇帝上言依法治国，可惜人微言轻，而且那个混乱的局势已经根本无法控制，他彻底陷入了孤立之中。这首《四愁诗》便是诗人心境的写照。

上 邪

无名氏

上邪①！我欲与君相知②，长命无绝衰③。山无陵④，江水为竭，冬雷震震，夏雨雪⑤，天地合，乃敢与君绝⑥！

【注释】

①上邪（yé）：犹言“苍天啊”，也就是对天立誓。上，指天。②相知：相爱。③命：古与“令”字通，使。④陵（líng）：棱角。⑤雨（yù）雪：降雪。雨，名词活用作做动词。⑥乃敢：才敢。“敢”字是委婉的用语。

【赏析】

这首《上邪》出自《汉乐府·铙歌》，诗歌很短，是一位古代女子对爱情执着的宣誓。大胆直白，比起现代很多情书来更显得情真意切，情感浓烈而毫不掩饰。就有这样一位烈性女子，甘愿冒着被世人耻笑的后果，也要勇敢地告诉她的爱人，她的爱是多么浓烈而不可熄灭。

“天地合，乃敢与君绝”，或许，这是天地间最为残酷的爱情誓言。《上邪》中，有着哀伤的声音，就好像是一种无形的力量，每时每刻地都在打着内心最为柔软的地方，令其痛彻心扉。而这样大胆无畏的爱情表白，使得爱情之苦在千年前的那份执着追求中早就涅槃重生。

这首古诗词，是一个新婚不久的女性为思念出远门的丈夫所作。

这位女子在丈夫海誓山盟不久后，便要独自忍受寂寞，在等待中度过孤寂的时光。然而她始终相信丈夫的誓言为真，所以在期待中，依然抱有甜蜜的幻想。这是一首思念的诗歌，同时也是一首和爱有关的诗歌，如果爱人将誓言忘记，夜晚微弱的星光将会提醒他，远在家乡的妻子正在等他。当初以手指天，请求苍天为证的誓言还在耳畔，如果要想让这爱情消失，除非山峰不再，江水枯竭，冬日打雷，夏天飞雪。

如此决绝的誓言，实在不应该、也不可能被忘记。

孔雀东南飞[1]

无名氏

序曰：汉末建安中[2]，庐江府小吏焦仲卿妻刘氏[3]，为仲卿母所遣[4]，自誓不嫁。其家逼之，乃投水而死。仲卿闻之，亦自缢于庭树[5]。时人伤之，为诗云尔[6]。

孔雀东南飞，五里一徘徊[7]。

“十三能织素，十四学裁衣，十五弹箜篌[8]，十六诵诗书[9]。十七为君妇，心中常苦悲。君既为府吏，守节情不移，贱妾留空房[10]，相见常日稀。鸡鸣入机织，夜夜不得息。三日断五匹[11]，大人故嫌迟。非为织作迟，君家妇难为！妾不堪驱使[12]，徒留无所施，便可白公姥[13]，及时相遣归。”

府吏得闻之，堂上启阿母[14]：“儿已薄禄相，幸复得此妇，结发同枕席，黄泉共为友。共事二三年，始尔未为久，女行无偏斜[15]，何意致不厚？”

阿母谓府吏：“何乃太区区[16]！此妇无礼节，举动自专由。吾意久怀忿[17]，汝岂得自由[18]！东家有贤女，自名秦罗敷，可怜体无比[19]，阿母为汝求。便可速遣之，遣去慎莫留！”

府吏长跪告：“伏惟启阿母，今若遣此妇，终老不复取[20]！”

阿母得闻之，槌床便大怒[21]：“小子无所畏，何敢助妇语！吾已失恩义，会不相从许！”

府吏默无声，再拜还入户，举言谓新妇[22]，哽咽不能语：“我自不驱卿[23]，逼迫有阿母。卿但暂还家，吾今且报府[24]。不久当归还，还必相迎取[25]。以此下心意[26]，慎勿违吾语。”

新妇谓府吏：“勿复重纷纭。往昔初阳岁[27]，谢家来贵门[28]。奉事循公姥，进止敢自专？昼夜勤作息[29]，伶俜萦苦辛[30]。谓言无罪过[31]，供养卒大恩；仍更被驱遣，何言复来还！妾有绣腰襦[32]，葳蕤自生光[33]；红罗复斗帐[34]，四角垂香囊；箱帘六七十[35]，绿碧青丝绳，物物各自异，种种在其中。人贱物亦鄙，不足迎后人[36]，留待作遗施[37]，于今无会因。时时为安慰，久久莫相忘！”

鸡鸣外欲曙，新妇起严妆[38]。著我绣夹裙，事事四五通[39]。足下蹑丝履[40]，头上玳瑁光[41]。腰束流纨素[42]，耳著明月珰[43]。指如削葱根，口如含朱丹。纤纤作细步，精妙世无双。

上堂拜阿母，阿母怒不止。“昔作女儿时，生小出野里。本自无教训，兼愧贵家子。受母钱帛多[44]，不堪母驱使。今日还家去，念母劳家里。”却与小姑别，泪落连珠子。“新妇初来时，小姑始扶床；今日被驱遣，小姑如我长。勤心养公姥，好自相扶将[45]。初七及下九[46]，嬉戏莫相忘。”出门登车去，涕落百余行。

府吏马在前，新妇车在后。隐隐何甸甸[47]，俱会大道口。下马入车中，低头共耳语：“誓不相隔卿，且暂还家去；吾今且赴府，不久当还归。誓天不相负！”

新妇谓府吏：“感君区区怀[48]！君既若见录[49]，不久望君来。君当作磐石，妾当作蒲苇，蒲苇纫如丝[50]，磐石无转移。我有亲父兄[51]，性行暴如雷[52]，恐不任我意，逆以煎我怀[53]。”举手长劳劳[54]，二情同依依。

入门上家堂，进退无颜仪[55]。阿母大拊掌[56]，不图子自归：“十三教汝织，十四能裁衣，十五弹箜篌，十六知礼仪，十七遣汝嫁，谓言无誓违。汝今何罪过，不迎而自归？”兰芝惭阿母：“儿实无罪过。”阿母大悲摧[57]。

还家十余日，县令遣媒来。云有第三郎，窈窕世无双。年始十八九，便言多令才[58]。

阿母谓阿女：“汝可去应之[59]。”

阿女含泪答：“兰芝初还时，府吏见丁宁[60]，结誓不别离。今日违情义，恐此事非奇[61]。自可断来信[62]，徐徐更谓之[63]。”

阿母白媒人：“贫贱有此女，始适还家门[64]。不堪吏人妇，岂合令郎君？

幸可广问讯，不得便相许。”媒人去数日，寻遣丞请还，说有兰家女，承籍有宦官[65]。云有第五郎，娇逸未有婚[66]。遣丞为媒人，主簿通语言[67]。直说太守家，有此令郎君，既欲结大义[68]，故遣来贵门。

阿母谢媒人：“女子先有誓，老姥岂敢言！”

阿兄得闻之，怅然心中烦，举言谓阿妹：“作计何不量[69]！先嫁得府吏，后嫁得郎君，否泰如天地[70]，足以荣汝身。不嫁义郎体[71]，其往欲何云[72]？”

兰芝仰头答：“理实如兄言。谢家事夫婿，中道还兄门。处分适兄意[73]，那得自任专！虽与府吏要[74]，渠会永无缘[75]。登即相许和[76]，便可作婚姻。”

媒人下床去[77]，诺诺复尔尔[78]。还部白府君[79]：“下官奉使命[80]，言谈大有缘[81]。”府君得闻之，心中大欢喜。视历复开书，便利此月内，六合正相应[82]。良吉三十日[83]，今已二十七，卿可去成婚。交语速装束，络绎如浮云。青雀白鹄舫[84]，四角龙子幡[85]，婀娜随风转[86]。金车玉作轮，踯躅青骢马，流苏金镂鞍。赍钱三百万[87]，皆用青丝穿。杂彩三百匹[88]，交广市鲑珍[89]。从人四五百[90]，郁郁登郡门[91]。

阿母谓阿女：“适得府君书[92]，明日来迎汝。何不作衣裳？莫令事不举！”

阿女默无声，手巾掩口啼，泪落便如泻。移我琉璃榻，出置前窗下。左手持刀尺，右手执绫罗。朝成绣夹裙，晚成单罗衫。晻晻日欲暝[93]，愁思出门啼。

府吏闻此变，因求假暂归。未至二三里，摧藏马悲哀[94]。新妇识马声，蹑履相逢迎。怅然遥相望，知是故人来。举手拍马鞍，嗟叹使心伤：“自君别我后，人事不可量[95]。果不如先愿，又非君所详[96]。我有亲父母[97]，逼迫兼弟兄[98]。以我应他人，君还何所望！”

府吏谓新妇：“贺卿得高迁！磐石方且厚，可以卒千年；蒲苇一时纫，便作旦夕间。卿当日胜贵，吾独向黄泉！”

新妇谓府吏：“何意出此言！同是被逼迫，君尔妾亦然。黄泉下相见，勿违今日言！”执手分道去，各各还家门。生人作死别，恨恨那可论？念与世间辞，千万不复全！

府吏还家去，上堂拜阿母：“今日大风寒，寒风摧树木，严霜结庭兰。

儿今日冥冥[99]，令母在后单。故作不良计，勿复怨鬼神！命如南山石，四体康且直[100]！”

阿母得闻之，零泪应声落：“汝是大家子，仕宦于台阁[101]。慎勿为妇死，贵贱情何薄！东家有贤女，窈窕艳城郭[102]，阿母为汝求，便复在旦夕。”

府吏再拜还，长叹空房中，作计乃尔立。转头向户里，渐见愁煎迫。

其日牛马嘶，新妇入青庐[103]。奄奄黄昏后[104]，寂寂人定初[105]。我命绝今日，魂去尸长留！揽裙脱丝履，举身赴清池。

府吏闻此事，心知长别离。徘徊庭树下，自挂东南枝。

两家求合葬，合葬华山傍[106]。东西植松柏，左右种梧桐。枝枝相覆盖，叶叶相交通。中有双飞鸟，自名为鸳鸯。仰头相向鸣，夜夜达五更。行人驻足听，寡妇起彷徨。多谢后世人[107]，戒之慎勿忘。

【注释】

①选自《玉台新咏》，原题为《古诗为焦仲卿妻作》，这里沿用后人常用的题目。这是我国古代最长的叙事诗，作者不详。②建安中：建安年间（196—219）。建安，汉献帝年号。③庐江：汉郡名，在现在安徽省潜山县一带。府小吏：太守衙门里的小官吏。④遣：休。女子被夫家赶回娘家。⑤缢（yì）：吊死。⑥云尔：句末的语气助词。⑦徘徊：犹疑不决。⑧箜篌（kōng hóu）：古代的一种弦乐器，23 弦或 25 弦，分卧式、竖式两种。⑨诗书：原指《诗经》和《尚书》，这里泛指一般经书。⑩贱妾：仲卿妻自称。妾，封建社会里妇女谦卑的自称。⑪断五匹：断，（织成一匹）截下来。一匹是四丈。⑫不堪：不能胜任。驱使：使唤。⑬白：告诉、禀告。公姥：公公婆婆。这里专指婆婆。⑭启：告诉，禀告。⑮偏斜：不端正。⑯区区：小。这里指见识少。⑰忿：怒。⑱自由：自作主张。⑲可怜：可爱。体：姿态。⑳取，通“娶”。㉑槌床：用拳头敲着床。㉒举言：发言。新妇：指妻子（不是指新嫁娘）。㉓卿：这里是丈夫对妻子的爱称。㉔报府：赴府。到庐江太守府里去办事。㉕迎取：迎接你回家。㉖下心意：有“耐心受委屈”的意思。㉗初阳岁：冬至以后，立春以前。㉘谢：辞别。㉙勤作息：勤劳地工作。作息，原意是工作和休息，这里只是工作的意思。㉚伶俜：孤单的样子。萦：缠绕。㉛谓言：总以为。㉜绣腰襦：绣花的、齐腰的短袄。㉝葳蕤：繁盛的样子。这里形容刺绣的花叶繁多而美丽。㉞复：双层。

斗帐：帐子像倒置的斗，所以叫作“斗帐”。㉟帘：通“奁”。六七十：形容多。㊱后人：指府吏将来再娶的妻子。㊲遗施：赠送、施与。㊳严妆：打扮得整整齐齐。㊴通：遍。㊵蹑：踏（穿鞋）。㊶玳瑁：一种同龟相似的水生爬虫，甲壳黄黑色，有黑斑，有光泽，可制装饰品。㊷纨素：洁白的绸子。流：是说纨素的光像水流动。㊸著：戴。珰：耳坠。㊹钱帛：指聘礼。㊺好自相扶将：好好服侍老人家。扶将，这里是“服侍”的意思。㊻初七及下九：七月七日和每月的十九日。初七，指农历七月七日，旧时妇女在这晚上乞巧（用针做各种游戏）。下九，古人以每月的二十九为上九，初九为中九，十九为下九；在汉朝时候，每月十九日是妇女欢聚的日子。㊼隐隐：车声，“甸甸”同。何：副词，何等。㊽区区：这里是“忠诚相爱”的意思，与上文“何乃太区区”的“区区”不同。㊾录：记。㊿纫：结。51亲父兄：即同胞兄。52性行：性情和行为。53逆：逆料、想到将来。54劳劳：怅惘若失的状态。55仪：容貌。56拊掌：拍手。这里表示惊异。57悲摧：悲痛。摧，伤心、断肠。58便言：很会说话。令：美好。59应之：答应他。60丁宁：嘱咐，也作“叮咛”。61非奇：不宜。62断：回绝。信：使者，指媒人。63之：它，指再嫁的事。64适：出嫁。65宦官：就是官宦，做官的人。66娇逸：娇美文雅。67主簿：太守的属官。68结大义：指结为婚姻。69量：思量、考虑。70否：坏运气。泰，好运气。71义郎：仁义的郎君，指太守的儿子。72其往：其后，将来。73适：适合、依照。74要（yāo）：约。75渠：他。76登：立刻。许和：应许。77下床去：从座位上起来。78诺诺复尔尔：连声说“是，是，就这样办，就这样办”。尔尔，如此如此。79部：府署。府君：太守。80下官：郡丞自称。81缘，因缘。82六合：古时候迷信的人结婚要选好日子，要年、月、日的干支（干：天干，甲、乙、丙、丁……支：地支，子、丑寅、卯……年、月、日的干支合起来共六个字，例如甲子年，乙丑月，丙寅日）都相适合，这叫“六合”。相应：合适。83良吉：好日子。84舫：船。85龙子幡，旗帜名。86婀娜：这里是轻轻飘动的样子。87赍（jī）：赠送。88杂彩：各色绸子。89鲑：这里是鱼类菜肴的总称。珍，美味。90从人：仆人。91郁郁登郡门：热热闹闹地来到户江郡门。郁郁，繁盛的样子。92适：刚才。93暝：日暮。94摧藏：摧折心肝，伤心。藏，通“脏”，指脏腑。95不可量：料想不到。96详：详知。97父母：这里指母。98弟兄：这里指兄。99日冥冥：原意是日暮，这里拿太阳下山来比生命的终结。100四体：这里指身体。直：

意思是腰板儿硬。⑩台阁：原指尚书台，这里泛指大的官府。⑩郭：外城。⑩青庐：用青布搭成的篷帐，行婚礼的地方，东汉至唐有这种风俗。⑩奄奄：暗沉沉的。⑩人定：古时计算时间以地支分为12个时辰，人定是亥时（相当于现在夜里9点到11点），这里指夜深人静的时候。⑩华山：庐江境内的一座小山。⑩多谢：多多劝告的意思。

【赏析】

《孔雀东南飞》是我国古典诗歌史上的第一部长篇叙事诗，与北朝民歌《木兰辞》并称“乐府双璧”和“叙事诗双璧”。后人又把《孔雀东南飞》《木兰诗》与唐代韦庄的《秦妇吟》并称为“乐府三绝”。本诗取材于东汉献帝年间发生在庐江郡（在今安徽境内）的一桩婚姻悲剧。沈归愚称其为“古今第一首长诗”，是我国古代民间诗歌中的杰作。

诗中所讲述的是一个悲惨的爱情婚姻故事。一开始在这首诗歌的前面就有序曰：“汉末建安中，庐江府小吏焦仲卿妻刘氏，为仲卿母所遣，自誓不嫁。其家逼之，乃投水而死。仲卿闻之，亦自缢于庭树。时人伤之，为诗云尔。”

“孔雀东南飞，五里一徘徊”，这是刘兰芝与焦仲卿的诀别，也可以说是两人相约另一个世界的约定。刘兰芝决定妥协，她知道要想回到焦仲卿的身边，只有这个办法——这个男人爱她却无法保护她，在这个封建的牢笼中，他和自己一样都是被束缚的弱者。

“十三能织素，十四学裁衣。十五弹箜篌，十六诵诗书。十七为君妇，心中常苦悲”，聪明伶俐的刘兰芝却在嫁人之后失去了少女时期的快乐；不过聪明如她，面对那些悲伤，她都是冷静地收敛于内心深处，从不外露。

“鸡鸣入机织，夜夜不得息。三日断五匹，大人故嫌迟。非为织作迟，君家妇难为”，这是刘兰芝离去的理由，她希望可以用无声的离去让婆婆对自己好一些。毕竟刘兰芝是舍不得离开焦仲卿的，她爱这个男人，希望焦仲卿可以说服他的母亲，将她接回家后开始新的生活。

“府吏得闻之，堂上启阿母”。之后从母子的一番对话中，我们看到焦仲卿在他的母亲面前始终是唯唯诺诺的，面对生他养他的母亲，他无能力改变自身的命运。在那个封建时代，长幼尊卑分得十分明晰，以至于刘兰芝进退两难，焦仲卿无言以对。

母亲要挑选一个称心如意的儿媳妇，至于婚姻的当事人是何想法，她是不会考虑的。焦仲卿不论做何解释，做何劝说，都无法改变母亲的看法。他忍受着内心的折磨，而此时的刘兰芝却面临新的危机。

古时候的媳妇被婆家赶出家门是很丢脸的事情，刘兰芝的娘家自然也觉得颜面无光。所以，在刘兰芝住在家里的几天里，她哥哥迅速地为她谋得了一门亲事，不顾刘兰芝的反对，便将日子定了下来。或许，在他们看来，刘兰芝可以嫁给县令是攀了高枝。但在刘兰芝看来，不能和焦仲卿在一起，比死还要难过。

“新妇谓府吏：‘何意出此言！同是被逼迫，君尔妾亦然。黄泉下相见，勿违今日言！’执手分道去，各各还家门。生人作死别，恨恨那可论？念与世间辞，千万不复全！”刘兰芝最后的决定是令人惋惜的，但也是无可奈何的。而焦仲卿也为了她“徘徊庭树下，自挂东南枝”。

这样悲苦的故事结局自然让人们扼惋叹息，所以口口相传。结尾夫妻两人化为鸳鸯，相依相伴，永不分离，多少表达了在那个思想行为多受钳制的时代，人们对自由的爱情与婚姻怀有的同情。“多谢后世人，戒之慎勿忘”也是前人对后人的警示。

陌上桑

无名氏

日出东南隅[①]，照我秦氏楼。秦氏有好女，自名为罗敷。罗敷善蚕桑[②]，采桑城南隅。青丝为笼系[③]，桂枝为笼钩[④]。头上倭堕髻[⑤]，耳中明月珠[⑥]。缃绮为下裙[⑦]，紫绮为上襦[⑧]。行者见罗敷，下担捋髭须[⑨]。少年见罗敷，脱帽著帩头[⑩]。耕者忘其犁，锄者忘其锄。来归相怨怒，但坐观罗敷[⑪]。使君从南来[⑫]，五马立踟蹰[⑬]。使君遣吏往，问是谁家姝[⑭]？“秦氏有好女，自名为罗敷。”“罗敷年几何？”“二十尚不足，十五颇有余。”使君谢罗敷[⑮]：“宁可共载不[⑯]？”罗敷前致辞：“使君一何愚[⑰]！使君自有妇，罗敷自有夫。”“东方千余骑[⑱]，夫婿居上头[⑲]。何用识夫婿[⑳]？白马从骊驹[21]；青丝系马尾，黄金络马头[22]；腰中鹿卢剑[23]，可值千万余[24]。十五府小吏[25]，二十朝大夫[26]，三十侍中郎[27]，四十专城居[28]。为人洁白皙，鬑鬑颇有须。盈盈公府步[29]，冉冉府中趋[30]。坐中数千人，皆言夫婿殊[31]。"

【注释】

①东南隅（yú）：指东方偏南。隅，方位、角落。我国在北半球，夏至以后日渐偏南，所以说日出东南隅。②善蚕桑：很会养蚕采桑。善，有的本子作"喜"。③笼：篮子。系（xì）：络绳（缠绕篮子的绳子）。④笼钩：一种工具，采桑用来钩桑枝，行时用来挑竹筐。⑤倭堕髻（wō duò jì）：即堕马髻，发髻偏在一边，呈坠落状。⑥明月：宝珠名。⑦缃绮（xiāng qǐ）：浅黄色有花纹的丝织品。⑧襦（rú）：短袄。⑨捋（lǚ）：抚摸。髭（zī）：嘴唇上方的胡须。须：下巴上长的胡子。⑩著（zhuó）：戴。帩（qiào）头：古代男子束发的头巾。⑪坐：因为，由于。⑫使君：汉代对太守、刺史的通称。⑬五马：指（使君）所乘的五匹马拉的车。汉朝太守出行用五匹马拉车。踟蹰（chí chú）：徘徊不前的样子。⑭姝（shū）：美女。⑮谢：这里是"请问"的意思。⑯宁（nìng）可：愿意。不：通假字，通"否"。⑰一何：怎么这样。⑱东方：指夫婿当官的地方。千余骑（jì）：泛指跟随夫婿的人。⑲居上头：在前列。意思是地位高，受人尊重。⑳何用：用什么（标记）。㉑骊驹：黑色的小马。这里指马。㉒络：这里指用网状物兜住。㉓鹿卢剑：剑把用丝绦缠绕起来，像鹿卢的样子。鹿卢，即辘轳，井上汲水的用具。㉔千万余：上千上万（钱）。㉕小吏：太守府的小官。有的本子作"小史"。㉖朝大夫：朝廷上的一种高等文官。㉗侍中郎：出入宫禁的侍卫官。㉘专城居：作为一城的长官（如太守等）。专，独占。㉙盈盈：仪态端庄美好。公府步：摆官派，踱方步。㉚冉冉：走路缓慢。㉛殊：出色，与众不同，非同一般。

【赏析】

古人对于美的赞颂总是含蓄而内敛的，但也正是因为如此，才使得人们对古诗中所塑造的美人形象十分向往。在古人的眼中，美人要身形俊美，但心灵和品德的美尤为重要。

这首《陌上桑》是讲一个名叫罗敷的女子勇敢面对使君的调戏，机智地驳得使君哑口无言的民间故事。诗篇大意是说，清晨的太阳从东南升起，照在秦氏人家的楼上。这家有一位好女子，叫作罗敷。善于养蚕的罗敷踏着晨光前往城南采桑，精致的妆容，配合衣裙的搭配，所有见到罗敷的人都立足而视，忘记了自己要干的活。

接下来写贪婪的使君觊觎罗敷的容姿，上前搭话，并无耻地向罗敷提出“宁可共载不”的要求。故事的最后一节从“东方千余骑”开始，写罗敷拒绝使君，罗敷在太守面前夸赞自己的丈夫，打消使君的邪念，并使之对自己轻佻的行为感到羞愧。

汉代描写女性的赋词和诗作并不是很多，而在这为数不多的作品中，可以看到有一个共性，就是描写女性多从她们的穿戴服饰和神态体貌来进行铺展。

这首诗成功地塑造了罗敷这样一个美丽端庄、机智可爱的女子形象。罗敷的形象是阳光而活泼的，但她的美丽同样是不可忽视的：她可以令在农田里忙种的人们忘记干活，她也可以令使君对她垂涎三尺；但是她更懂得洁身自好，不会攀附富贵，而是冷静地以自己的机智令使君颜面扫地。面对使君的诱惑，罗敷丝毫不为所动，她口中的夫婿不但一表人才，而且德才兼备，前途无可限量，罗敷的一番言辞明里是夸赞自己的夫婿，暗里却是讥笑使君的昏庸无能。这个时候，罗敷所散发出来的美已经不再是她自身容颜的美，而是深入内心的美。

第四篇

魏晋诗文，中华风骨

短歌行

曹　操

对酒当歌①，人生几何②？譬如朝露，去日苦多③。慨当以慷，忧思难忘④。何以解忧？唯有杜康⑤。青青子衿⑥，悠悠我心⑦。但为君故⑧，沉吟至今⑨。呦呦鹿鸣⑩，食野之苹⑪。我有嘉宾，鼓瑟吹笙⑫。明明如月，何时可掇⑬？忧从中来，不可断绝。越陌度阡⑭，枉用相存⑮。契阔谈讌⑯，心念旧恩。月明星稀，乌鹊南飞⑰。绕树三匝，何枝可依？山不厌高，海不厌深。周公吐哺⑱，天下归心⑲。

【注释】

①当：临。②几何：多少。意思是叹人生短促、时光易逝。③去日：过去了的日子。④这句对应首句，表达在感叹时光飞逝的同时，更应慷慨高歌，只是苦于忧思重重，难以释怀。⑤杜康：相传是古代最早的造酒人，此处代指酒。⑥子衿：周代读书人的服装，这里指代有学识的人。衿（jīn），衣领。⑦悠悠：形容忧虑不断。借用《诗经·郑风·子衿》里的诗句，表达对贤才的思念。⑧但：只。君：指贤才。⑨沉吟：指低声吟咏《诗经》中的《子衿》一诗。⑩呦呦（yōu）：鹿叫声。⑪苹：艾蒿。⑫鼓：弹奏。⑬掇：拾取。此句意将贤者比为高空明月，可望而不可即，喻指人才难得。⑭越陌度阡：指贤士远道而来。陌、阡，田野中纵横交错的小路。南北为阡，东西为陌。⑮枉用：指贤士屈尊相从。存：问候。⑯契阔：久别。谈讌（yàn）：欢饮畅谈。讌，通“宴”。⑰乌鹊：乌鸦。⑱吐哺（bǔ）：热情接待，不敢怠慢。哺，口中咀嚼着的食物。⑲归心：心悦诚服地归顺。

【赏析】

这首诗是曹操最有名的诗篇之一，千百年来流传甚广，以至于说起曹操，人们就会想起他的“对酒当歌，人生几何”“何以解忧，唯有杜康”。当年曹操在平定北方后，率领着百万雄师，饮马长江，要与孙权争夺那江东之地。当夜明月皎皎，曹操为了稳定军心，鼓励士气，便大摆酒宴，与众将士痛饮一番。其间诗兴大发，慷慨而歌，写下了这首脍炙人口的《短歌行》。

诗人用诗歌来表明自己在政治上的用意，在微微醉酒之后，道出内心的期许：“青青子衿，悠悠我心”。而青衿在古代是被作为读书人的代称，开篇就点名了这个求人才的主题。接着诗人又唱道：“我有嘉宾，鼓瑟吹笙。明明如月，何时可掇？”“绕树三匝，何枝可依？”在这里表达的是诗人求贤若渴的心情。在这首酒醉后的高歌中，诗人明明白白地将自己的内心感受吟咏出来，他虽然引用《诗经》中的词句，却没有《诗经》中那般幽怨的情感，而是寄托了自己最初和最终的理想。

曹操是一个为了千秋大业而活着的人，他在诗歌中毫不掩饰地表达了自己求贤若渴的心情和希望名垂青史的愿望，虽然其中有着哀思的情调，但丝毫没有妨碍到整首诗歌的主题，那就是立业建功。

诗中名句颇多，像“何以解忧，唯有杜康”“月明星稀，乌鹊南飞”“山不厌高，海不厌深”等。曹操的《短歌行》是一首艺术性极高的古诗。在这首诗中，三国里那个奸诈的乱世枭雄不见了踪影，一个求贤若渴、忧国忧民的贤明领袖形象矗立在我们面前。

感离赋

曹　丕

秋风动兮天气凉，居常不快兮中心伤。出北园兮彷徨，望众墓兮成行。柯条憯兮无色①，绿草变兮萎黄。感微霜兮零落，随风雨兮飞扬。日薄暮兮无悰②，思不衰兮愈多。招延伫兮良从③，忽踟蹰兮忘家。

【注释】

①憯（cǎn）：忧伤。②悰（cóng）：欢乐。③延伫：也写作“延竚”，久久站立的意思。

【赏析】

在曹丕的辞赋中，秋风是出现最多的词语，或许秋风起的时候，他内心的彷徨会令他心生诗意。这首《感离赋》是祭奠思念而作，因为思念无法到达的地方，便寄情于风，但愿风能到达那个他永远无法抵达的远方。

建安十六年，西征途中，秋风四起，令天气清凉，心境随之忧伤。曹丕在园子中彷徨远望，前方的众多墓碑令枝叶都没了颜色。绿草变得凄黄，霜寒随着风雨飘摇落下，薄暮的落日令快乐消隐，升起的全是哀思，停驻良久，这哀伤竟让人连对家的思念都踟蹰了起来。

比起政治成就，曹丕的文学天赋更高，他“妙善辞赋”，是魏晋时期辞赋创作较多的作家之一。他的辞赋或叙事，或咏物，或写景，题材广泛，且以抒情见长。“便娟婉约，能移人情”，这是曹丕赋的总体特点。这固然与其浓厚的文士气质有关，但同时也是动乱时代的投影。曹丕的诗文最能以情动人，且清新淡雅，十分耐读。

七步诗

曹　植

煮豆持作羹①，漉菽以为汁②。
萁在釜下燃③，豆在釜中泣。
本自同根生，相煎何太急？

【注释】

①持：用来。羹：用肉或菜做成的糊状食物。②漉：过滤。菽：豆。③萁：豆类植物脱粒后剩下的茎。

【赏析】

这首《七步诗》是曹植的名篇。南朝刘义庆《世说新语·文学》记：“文帝尝令东阿王七步作诗，不成者行大法。应声便为诗曰：‘煮豆持作羹，漉菽以为汁。萁在釜下燃，豆在釜中泣。本自同根生，相煎何太急？’帝深有惭色。”

曹植是曹操的第四子，从小才华出众，很受父亲的疼爱。曹操死后，他的哥哥曹丕当上了魏国的皇帝。曹氏兄弟间本来有阋，曹丕登上皇位后，以曹操亡故时曹植和曹熊（曹操五子）未来看望为由，要追查二人，结果曹熊因惧怕自杀了。

曹植则被押进朝廷。幸得曹植生母卞氏开口求情，曹丕才勉强给曹植一个机会，命他七步之内作出一首诗，否则杀无赦。于是曹植作出了这首广为传颂的诗。

诗人在诗中以同根而生的豆萁和豆来比喻同胞兄弟，用萁煎其豆来比喻同胞骨肉的残害，生动形象，情挚感人，将诗人自身的艰难处境与一腔愤激沉郁之情表现得淋漓尽致。

诗人以纯比兴手法起笔，语言浅显直白，却寓意深刻。作者借用了一个极其纯朴巧妙的譬喻，读来令人称奇。“本自同根生，相煎何太急”两句，千百年来成为同室操戈、兄弟阋墙的警示名句。曹丕感于诗中所言的兄弟骨肉之情，又害怕杀了曹植会遭世人耻笑，最后放了曹植。

种瓜篇

曹　叡

种瓜东井上，冉冉自逾垣①。与君新为婚，瓜葛相结连②。寄托不肖躯，有如倚太山。兔丝无根株③，蔓延自登缘。萍藻托清流，常恐身不全。被蒙丘山惠，贱妾执拳拳。天日照知之，想君亦俱然。

【注释】

①逾：超过，翻过。②瓜葛：瓜与葛都是蔓生植物。这里比喻夫妻。③兔丝：植物名，即菟丝子。常以喻妻室。

【赏析】

曹叡，魏明帝，字符仲，曹操之孙，曹丕之子。能诗文，与曹操、曹丕并称魏之“三祖”，诗文成就不及操、丕。今存散文二卷、乐府诗十余首。

曹叡的这首诗写得颇有情趣，虽然曹叡的文采比起曹操和曹丕稍逊一筹，但这一篇《种瓜篇》中，还是能够看出曹叡敏捷的才思和淡然的文风中蕴含着淡淡的风雅和悠悠的情思，意味深长，读后令人口齿留香。比起曹操的沧桑和曹丕的敏感，曹叡的诗作似乎更多了一份淡然。

或许这和个人经历有关，正因为经历不同，所以心性和作品也都不尽相同。

他们三人的诗歌之所以受到人们的推崇，除了诗文本身的绮丽，更多的则是因为他们的诗歌中有着当时文人感同身受的认同感。

短歌行

陆　机

置酒高堂，悲歌临觞[①]。人寿几何，逝如朝霜。时无重至，华不再阳。苹以春晖，兰以秋芳。来日苦短，去日苦长。今我不乐，蟋蟀在房。乐以会兴，悲以别章。岂曰无感，忧为子忘。我酒既旨[②]，我肴既臧[③]。短歌有咏，长夜无荒[④]。

【注释】

①临觞：犹言“面对着酒”。觞，酒杯。②旨：美好，这里指酒的味美。③臧：好。④荒：废弃，荒废。

【赏析】

陆机是名门之后，他的祖父陆逊曾任东吴丞相，是三国时期著名的大将。从这首诗中可以看出，一个伤心的男人站于风中，衣衫猎猎作响，心中惆怅难言，饮酒高堂，感言人生苦短，最好及时行乐才能不辜负此生，长夜漫漫，还是借酒消愁的好。

陆机一生留下的诗作有很多，而这一首《短歌行》便是其代表作之一。在陆机的笔下，酒是他忘记现实的工具，这个男人想的只是来日苦短，去日苦长，今天不行乐，只怕日后就再没有机会了。从曹操到陆机，其间不过短短数十载的时光，光阴可以改变历史，也可以改变人心。同为政客，陆机远没有曹操的雄才大略和高瞻远瞩，因而，这首诗虽然与曹操的《短歌行》有着几分相像，但在气度开阖和艺术表现力上要逊色很多。

胡笳十八拍（节选）

蔡文姬

胡笳本自出胡中，缘琴翻出音律同①。十八拍兮曲虽终，响有余兮思未穷。是知丝竹微妙兮均造化之功②，哀乐各随人心兮有变则通③。胡与汉兮异域殊风，天与地隔兮子西母东。苦我怨气兮浩于长空④，六合离兮受之应不容⑤。

【注释】

①缘琴翻出：用琴演奏胡笳曲。②丝竹：泛指乐器。丝，琴瑟等弦乐器。竹，笙箫等管乐器。造化：造物者。③有变则通：心里有什么活动就能通过音乐表现出来。④浩：充满。⑤六合：指上、下、东、西、南、北之内的整个空间。

【赏析】

蔡文姬是东汉大学者蔡邕的女儿，生于乱世，饱受苦难，又婚姻不幸，人生多舛，后来被掳去匈奴，嫁与匈奴王，并生下两个儿子。胡笳是匈奴人常吹的一种乐器。在南匈奴的那12年里，蔡文姬也学会了演奏胡笳的一些方法。但是当她离开这片曾一直试图远离的土地时，她才知道时间真的可以将一个人的生命浸透：当你在一片土地上生活得越久时，你的回忆就越厚重。所以，蔡文姬虽然选择了返回故乡，但她的人生注定残缺，因为她的大半记忆都随着她的血脉一起留在了匈奴。

因与蔡邕有交，作为义气之举，曹操发函匈奴首领，要他务必交出蔡文姬。曹操的一纸书函彻底改变了蔡文姬逐渐平静下来的生活。曹操要蔡文姬回中土，匈奴不敢不放人。曹操势力强大，无人不忌惮。所以，数十年之后，蔡文姬踏上了回乡的路程，可是她的心情十分复杂，万般情思萦绕心头。十年前被掳至胡地，十年后又复归中原，何处才是她的故土，哪里才是她的家？

这首诗就是在这样的心境和历史时代写下的。后世很多人认为此诗不是蔡文姬本人所作，而是后人假托。然而由于情感深厚，自古以来还是被广为传诵。“胡笳本自出胡中，缘琴翻出音律同”，一代才女佳人，音容笑貌消散在杳杳胡笳声中。

悲愤诗（节选）

蔡文姬

汉季失权柄，董卓乱天常。志欲图篡弑，先害诸贤良。逼迫迁旧邦，拥主以自强。海内兴义师，欲共讨不祥。卓众来东下，金甲耀日光。平土人脆弱，来兵皆胡羌。猎野围城邑，所向悉破亡。斩截无孑遗，尸骸相撑拒。马边悬男头，马后载妇女。长驱西入关，迥路险且阻。还顾邈冥冥，肝胆为烂腐。所略有万计，不得令屯聚。或有骨肉俱，欲言不敢语。失意几微间，辄言弊降虏。要当以亭刃，我曹不活汝。岂敢惜性命，不堪其詈骂。或便加棰杖，毒痛参并下。旦则号泣行，夜则悲吟坐。欲死不能得，欲生无一可。彼苍者何辜[①]，乃遭此厄祸。边荒与华异[②]，人俗少义理。处所多霜雪，胡风春夏起。翩翩吹我衣[③]，肃肃入我耳[④]。感时念父母，哀叹无穷已。有客从外来，闻之常欢喜。迎问其消息，辄复非乡里。邂逅徼时愿[⑤]，骨肉来迎己。己得自解免[⑥]，当复弃儿子。天属缀人心[⑦]，念别无会期。存亡永乖隔[⑧]，不忍与之辞。儿前抱我颈，问母欲何之。人言母当去，岂复有还时。

【注释】

①彼苍者：指天。辜：罪孽。“彼苍者何辜，乃遭此厄祸”意谓：老天啊，我们有什么罪孽，要遭受这般苦难？②边荒：偏远之地。指南匈奴。③翩翩：风吹动衣物的样子。④肃肃：风的声音。⑤徼：侥幸。⑥解免：脱离在南匈奴的屈辱生活。⑦天属：指直系亲属。缀：联系，指母子连心。⑧乖隔：隔离。

【赏析】

婚姻的不幸给蔡文姬带来了许多悲苦，这首《悲愤诗》中，言不尽的全是悲愤。

“欲死不能得，欲生无一可。”生亦何欢，死亦何哀，对于蔡文姬这样一位一生坎坷的女人来说，再多的挫折也只是命运对她开的又一次玩笑罢了。就好像季节更替、四时变动一般，无论是对于父母的思念，还是忍痛抛下子女的痛楚，对她来说都是可以忍耐的。

“儿前抱我颈，问母欲何之。人言母当去，岂复有还时。”对故乡的思念，令她含泪而去；当子女问她意欲何往时，她无言以对，因为她知道，再也没有回来的时候了。

蔡文姬一生三嫁，命运多舛。关于蔡文姬这一生的三次婚姻，丁廙在《蔡伯喈女赋》一书中是这样说的：“伊大宗之令女，禀神惠之自然；在华年之二八，披邓林之曜鲜。明六列之尚致，服女史之语言；参过庭之明训，才朗悟而通云。当三春之嘉月，时将归于所天；曳丹罗之轻裳，戴金翠之华钿。羡荣跟之所茂，哀寒霜之已繁；岂偕老之可期，庶尽欢于余年。”

“处所多霜雪，胡风春夏起。翩翩吹我衣，肃肃入我耳。”这样凄伤的景象，如何不令人心生悲意？更何况，“己得自解免，当复弃儿子。天属缀人心，念别无会期。存亡永乖隔”，诗人又怎忍心与之辞！然而“感时念父母，哀叹无穷已”，对故土和亲人的思念却又让诗人内心充满着煎熬，无比的矛盾与无奈化为一腔悲愤，催人泪下。

从军诗五首（其五）

王　粲

悠悠涉荒路，靡靡我心愁。四望无烟火，但见林与丘。城郭生榛棘，蹊径无所由①。雚蒲竟广泽②，葭苇夹长流。日夕凉风发，翩翩漂吾舟。寒蝉在树鸣。鹳鹄摩天游③。客子多悲伤，泪下不可收。朝入谯郡界④，旷然消人忧。鸡鸣达四境，黍稷盈原畴。馆宅充廛里⑤，士女满庄馗⑥。自非贤圣国，谁能享斯休。诗人美乐土，虽客犹愿留。

【注释】

①蹊径：小路，野径。②雚蒲：芦苇和蒲草。泛指水草。③鹳鹄：鹳与鹄。其形瘦长，飞翔极高。④谯郡：指谯县，古县名，秦朝设置。约在今安徽省亳县。⑤廛（chán）里：城市聚居的地方。⑥庄馗：四通八达的道路。馗，同“逵”。

【赏析】

这首《从军诗》分为两部分：前半部分描写了山河破碎的荒芜景象，而后半部分则对未来寄予了深切的厚望。

王粲，字仲宣，山阳高平人，初侍刘表，后跟随曹操。三国名臣，为七子之冠冕。善于诗赋，更有过目不忘之才能。对功名的急迫渴望，王粲毫不掩饰。在曹操帐下，王粲得到了从未有过的重视。谁说凋敝的王朝就注定荒芜一切？王粲的才气在曹操那里得到了完全的发挥，虽然曹操帐下人才济济，但王粲还是凭借他的才能赢得了曹操的赞赏，而他自己对曹操的知遇之恩也是感恩戴德，他曾说："帝王虽贤，非良臣无以济天下。"

文人自古以来便是以悲悯情怀为重的，王粲也不例外。就在跟随曹操征讨东吴的路途上，王粲写下了《从军诗》五首，这是其中之一。虽然描述了动荡的汉末年月，但却从侧面抒发了希望可以拥有美好生活的愿望。生活在那个战乱的年代，诗人与众生一样不可避免地要历经磨难，但是他并不绝望，而是在艰险磨难之中，看到了未来的乐土，那里是让他的忧愁烟消云散的地方。

杂　诗

王　粲

日暮游西园，冀写忧思情。曲池扬素波。列树敷丹荣。上有特栖鸟①，怀春向我鸣。褰衽欲从之②，路险不得征。徘徊不能去，伫立望尔形。风飚扬尘起，白日忽已冥。回身入空房，托梦通精诚。人欲天不违，何惧不合并？

【注释】

①特：单的、独的，这里指没有配偶的鸟。②褰：揭起，撩起（衣服）。

【赏析】

这首诗表达的是诗人对朋友的思念之情。诗人从游园写起，借景抒情，在弯曲的池水中，还有成行的木丛里，将满心的愁绪托付给了这一片赏心悦目的景色。

明代文人王夫之有言道：“以乐境写哀，以哀景写乐。”王粲正是这样做的。他以文人独有的清明内心和强大的自我意识，以及细腻的情感，将他对人世间无常情感的看法一一描摹出来。

诗人以细腻的感情触角，想象到“上有特栖鸟。怀春向我鸣”。进而由树上孤独的飞鸟，想到了远方的友人如同在对他召唤一般哀鸣，所以诗人快步向前，希望可以追随上这召唤的脚步。

但是道路险阻，举步维艰。游园之内自然不会难行，所以诗人隐喻的是世间动乱，难以前行。在这首诗歌中，诗人将自己的幽思和社会的动荡有机地结合在一起，当现实与理想交织之后，所带来的冲击已经能掀起惊天的骇浪。

由虚入实，王粲的内心情感随着诗句的延续而喷发，在无法抗拒的恶劣环境中，王粲最终也只得选择退回房中，暗自哀叹：“人欲天不违，何惧不合并？”明明担心难以与友人再度重逢，却偏偏还要安慰自己有什么可怕的，纠结的内心在摇摆的世风中孤独地摇曳，深沉含蓄。

王粲的这首《杂诗》哀婉动人，全诗直抒胸臆，将对友人的深情抒发得淋漓尽致，比起刘桢的《赠徐干》来，多了几分哀思，少了几分愤慨。

酒德颂

刘　伶

有大人先生者[1]，以天地为一朝[2]，万朝为须臾，日月为扃牖[3]，八荒为庭衢[4]。行无辙迹[5]，居无室庐，幕天席地[6]，纵意所如。止则操卮执觚[7]，动则挈榼提壶，唯酒是务，焉知其余?

有贵介公子，缙绅处士，闻吾风声[8]，议其所以。乃奋袂攘襟[9]，怒目切齿，陈说礼法，是非锋起。先生于是方捧罂承槽[10]，衔杯漱醪[11]。奋髯箕踞[12]，枕曲借糟[13]，无思无虑，其乐陶陶。兀然而醉，豁尔而醒[14]。静听不闻雷霆之声，熟视不睹泰山之形，不觉寒暑之切肌，利欲之感情。俯观万物，扰扰焉如江汉三载浮萍；二豪侍侧焉，如蜾蠃之与螟蛉[15]。

【注释】

①大人先生者：德行高尚的老先生。②朝：天。③扃牖（jiōng yǒu）：门窗。④庭衢（qú）：庭道。⑤辙迹：轨迹。⑥幕天席地：以天为幕，以地为席。⑦卮、觚：均为古代盛酒器具。⑧风声：名声。⑨奋袂攘襟：敛起袖子，绾起衣襟。⑩方：正。⑪醪（láo）：浊酒。⑫奋：拨弄。髯：胡须。⑬曲（qū）：酒曲。⑭豁尔：猛然。⑮蜾蠃（guǒ luǒ）：细腰蜂。螟蛉：螟蛾的幼虫。

【赏析】

魏晋人嗜酒，而以竹林七贤尤甚。嗜酒者以借酒消愁的居多，唯有刘伶却多引以为乐趣。在一次酒醉之后，他写下这篇200余字的《酒德颂》，本作自赏用途，不成想写了亘古妙文，把喝酒升华到了一种玄奥的境界。

该篇颂里出现的主人公是个德行高尚的老先生，也可以说就是刘伶本人。在文章的起始处，老先生便称自己喝酒喝到一种超凡的境界。他可以把天地开辟作为一天，把万年作为须臾，把日月作为门窗，把天地八荒作为庭道；行走没有一定轨迹，居住无一定房屋。他还能以天为幕，以地为席，放纵心意，随遇而安。一个人可以“以天为幕，以地为席”，该算得上是非常逍遥的人了。

接着在第二段，作者写道：“有贵介公子，缙绅处士，闻吾风声，议其所以。”由于他的行为乖张，有很多人时常在人前折损他，刘伶并不是不以为然，而是时常反唇相讥。激动时便跳起来敛袖绾襟，张目怒视，咬牙切齿予以反驳：礼仪法度又算得了什么？真正的是非自有公道人心去判定。

骂够之后，刘伶仍然继续衔杯痛饮，枕着酒槽睡觉，无忧无虑，其乐陶陶。困了便睡，醒了便饮，什么四时寒暑、声色货利，都像脚下随波逐流的“江汉三载浮萍”，都如“蜾蠃之与螟蛉”，渺小得不值一提。全颂洋洋洒洒，尽是作者不羁的风度。

竹林七贤虽都有饮趣，但是在喝酒方面真正有心得的只有刘伶一人。

对于酒完全没有抗拒力的刘伶，自然酒后就更加毫无约束。他曾因喝酒喝得太多，为了散热而脱光衣服，大字形躺在自家屋子里。一次客人进屋找他，发现他什么都没穿，便讽刺他放纵。刘伶笑嘻嘻地说：“天地是我的房屋，室内是我的衣裤，你们为什么要钻进我的裤裆里？”客人顿时无言，尴尬地离开。

刘伶在饮酒方面本身已达到可驭万物的境界，忘却生死，忘却荣辱，他在文才上或可永世不能企及阮、嵇二人；但他的洒脱中见可爱，是谁也到不了的境界。这篇《酒德颂》就是作者对于酒与性情的一种独特的个人体悟。

咏怀八十二首（其一）

阮籍

夜中不能寐，起坐弹鸣琴。薄帷鉴明月①，清风吹我襟。孤鸿号外野，翔鸟鸣北林②。徘徊将何见，忧思独伤心③。

【注释】

①薄帷：幔帐。鉴：照。②翔鸟：飞翔盘旋着的鸟。鸣：悲鸣，哀号。③这两句是写人与翔鸟一样因不能寐而孤寂徘徊，得不到慰藉。

【赏析】

这首诗保持了阮籍诗作的一贯风格。感物忧思，阮籍的悲伤虽内敛，但却一点也不比那些多愁善感的人少一份细腻的心思。

诗首即言那时正是午夜，诗人躺卧很久都睡不着，便起身来到窗边对月抚琴。看着月光洒在床帷之上，影影绰绰，清风徐来，掀起了他的衣襟。在这般清寂的夜晚，野外偶尔传来孤鸿鸣叫、倦鸟啼吟，阮籍突然为它们的凄鸣感到痛心：自己孤身在外徘徊也就罢了，鸟儿们也同样于空中徘徊，找不到自己的那片林子。

阮籍天生嗜酒如命，酒后时常驾车出行，驱车一半时跳下车，伏地痛哭——不为别的，正是因为前方的路不好走，车过不去了。王勃为此写过“阮籍猖狂，岂效穷途之哭”的句子。阮籍的悲伤与无望，也许是当时大部分士人的心情。魏晋交替之际，魏王曹芳被司马氏所控，作为士大夫阶层的名士，要么跟着曹氏一同灭亡，要么跟司马氏合作。面对这两种选择，一些人采取了消极抵抗的方式。阮籍是当时非常有名的才士，曾胸怀大志，奈何天下多变，真才实学者少之又少，一时间壮志难酬。尽管司马昭对他非常赏识，多次邀请阮籍入朝，但阮籍对司马氏的印象极差，几次耍酒疯躲过司马昭的招揽。

南朝时宋文学家颜延之考证说阮籍总是写悲情诗，原因在于晋文帝司马昭在位时世人多虑祸患。阮籍忧谗惧祸，才躲进竹林深处，独自伤心苦闷。晋君向来多猜忌，大概是曹魏留下的后遗症。当时的名士即便有报国之心，却仍惧怕入朝为官。颜延之对阮籍的这番推测不无道理。很多后人都认为阮籍的咏怀诗大多太过隐晦，有时根本看不出他究竟要表达什么；可身处令人惧怕和幻灭的时代，有多少人敢于直言自己的痛和不满呢？

阮籍的诗如他的人一样，充满了矛盾。他不完全是抨击时政，为怀才不遇而不满，也不完全是脱离神行，求得飞升；他既不愿与世事同流合污，又不能真正地与现实划清界限寻觅归趣。

阮籍几乎是在乱世当中写下咏怀诗最多的人。他一生作诗百余首，流传不过九十余首，其中咏怀诗就占了 82 首，后人一直把这些诗作为考证阮籍一生经历的依据。的确如此，阮籍的思卿、思家、思社稷的想法都贯穿在他的诗作中，而其压抑在心中的痛，也在诗中尽情流露。

酒会诗

嵇　康

乐哉苑中游，周览无穷已。百卉吐芳华，崇台邈高跱[①]。林木纷交错，玄池戏鲂鲤[②]。轻丸毙翔禽[③]，纤纶出鳣鲔[④]。坐中发美赞，异气同音轨。临川献清酤[⑤]，微歌发皓齿。素琴挥雅操，清声随风起。斯会岂不乐，恨无东野子[⑥]。酒中念幽人，守故弥终始。但当体七弦，寄心在知己。

【注释】

①崇：高。高跱（zhì）：高耸。这句是说远远的高台耸立。②玄：深。③丸：指弹丸，轻丸，喻弹丸的迅疾。毙：击中。④纤纶：钓鱼用的丝绳。出：钓到。鳣鲔：这里泛指各种鱼。⑤临川：在水边。酤：酒。⑥东野子：即阮侃，嵇康挚交，后迁居东野，故诗人称其东野子。

【赏析】

这首诗前六句主写作者的欣然。身处百花林木交错的风景优美处，上有山峦浩渺，下有游鱼临渊，举头观望鸟翔，附身可钓鲤鲫，处于自然之中，嵇康一边饮酒，一边操琴而歌，其中的惬意不是三言两语能概括的。在极致的欢愉当中，他的心情陡然失落，乐而忽悲。“斯会岂不乐，恨无东野子。”原来他是突然思念起过去的朋友，感叹朋友东野子再也无缘参加自己的音乐酒会。

东野子是嵇康深深思念的人，他本名为阮侃，本为河内太守，后迁居东野。由于两人多年不见，所以嵇康才借“东野子”来指代他，以表自己的念旧之情。其实，思故人只是诗人突然惆怅的一个诱因，他真正的悲伤皆由当时朝政混乱而起。对魏晋两股势力的角力，嵇康深恶痛绝，他常说自己绝不能与这些俗人同流合污，因此他的言志诗大多都自表清白。所以诗人最后说：“酒中念幽人，守故弥终始。但当体七弦，寄心在知己。”点明了诗人要笑傲山林、洁身自好的气节。

这里选的这首诗是嵇康传世不多的诗作之一。诗如其人，林、池、琴、友，既是作者表达心志高洁的一首诗，也是魏晋名士的一幅生活画面，展现的仍然是那个时代的精神风气。

言　志

何　晏

鸿鹄比翼游，群飞戏太清①。身常入罗网，忧祸一旦并。岂若集五湖，顺流唼浮萍②。逍遥放志意，何为怵惕惊？

转蓬去其根③，流飘从风移。芒芒四海途，悠悠焉可弥？愿为浮萍草，托身寄清池。且以乐今日，其后非所知。

【注释】

①太清：指天空。②唼（shà）：鸟吃食的声音。③转蓬：指随风飘转的蓬草。

【赏析】

此诗的前四句道明了诗人内心的担忧。天上的鸿鹄遨游天际，比百鸟有更高的志向。可就是因为飞得太高反而更令人觊觎，容易遭到网罗。倒不如地面、水中集结的凡鸟，随波逐流，啄食萍草，活得更加逍遥自在。诗人以鸿鹄自喻，指出了自己身在高位更容易成为众矢之的，他羡慕那些身份卑微的人，起码不会有“死于非命”的担忧。

诗的后半部分，“转蓬去其根，流飘从风移”，表达了诗人内心渴望挣脱现实的牢笼桎梏。“芒芒四海途，悠悠焉可弥？愿为浮萍草，托身寄清池。且以乐今日，其后非所知。”诗的后几句，从字面上来看是说欲做池塘里小小的浮萍，安栖在清水池中，“今朝有酒今朝醉”，且得今日一时之自在，不去理会将来会如何。这里诗人表达了想要变得“渺小”的愿望。

河中的蓬草脱离自己的慧根，四海茫茫，随遇而安，身不由己；人生也如这浮萍一般，不能掌控。然而这安宁也不过是一瞬而已。未来是怎样，谁也道不清楚，能做的便是得过且过。

此诗充满了玄之又玄的道家虚无思想，对未来不可预料的诗人，无论在诗词文赋里怎样推崇老庄的逍遥与自在，却知道自己永不可能超越那道界限，因而他害怕不已，痛苦莫名，便把世间的一切想象成虚无的，并极力推崇“万物以无为本”的观点。还凭借自己在文坛的地位，极力将此学说推到学术潮流的顶端。不过诗中也完全暴露了他的思想弱点，他甚至把自己所拥有的一切、经历的事情都看作是一场老天的骗局，不愿面对。

车遥遥

傅　玄

车遥遥兮马洋洋①，追思君兮不可忘。君安游兮西入秦，愿为影兮随君身。君在阴兮影不见②，君依光兮妾所愿。

【注释】

①洋洋：舒缓潇洒的样子。②阴：背阴之处。

【赏析】

这首《车遥遥》的诗中，主人公是一个思妇，诗人用他的笔为思妇勾勒出了一道清丽的背影。清晨明媚的春光里，她斜倚栏杆，凭栏远眺，目光穿透了楼阁的阻隔，随着街道上的车马渐行渐远。她的夫君已经离去很久，她仍记得刚分别的情景：他的马车一颠一摇，马儿舒适地伸展着蹄子前进。不知怎的，她好像又听见马蹄声，难道是夫君还没离开吗?

陷入追忆的她突然醒转，才发现眼前的光景是自己想象出来的，惆怅更浓。中间的两句“君安游兮西入秦，愿为影兮随君身”，正是思妇从想象中惊醒过来，更加思念丈夫的情景。她的丈夫为了求取功名到西北的秦地，一去不归，妇人很希望自己能化作丈夫的影子，始终陪伴在他的身旁，形影不离，生死不分。最后一句话，更道明了思妇想要化为影子的急迫心情，甚至希望夫君永远不站在阴影处，以免影子不见了。

正史上所记载的傅玄，同情黎民百姓，为官勤政清廉，从政治国有道，深受晋武帝的信任。傅玄写起思妇闺怨诗来同样精彩，上面选的这首诗便是其中的代表。

盘中诗

苏伯玉妻

山树高，鸟啼悲。泉水深，鲤鱼肥。空仓雀，常苦饥。吏人妇，会夫稀。出门望，见白衣。谓当是，而更非。还入门，中心悲。北上堂，西入阶。急机绞，抒声催。长叹息，当语谁。君有行，妾念之。山有日，还无期。结巾带，长相思。君忘妾，未知之。妾忘君，罪当治。安有行，宜知之。黄者金，白者王。高者山，下者谷。姓者苏，字伯玉。人才多，知谋足。家居长安身在蜀，何惜马蹄归不数。羊肉千斤酒百斛，令君马肥麦与粟。今时人，智不足，与其书，不能读。当从中央周四角。

【赏析】

此诗可见于《玉台新咏》第九卷，《古诗源》对这首诗的评价颇高:“使伯玉感悔，全在柔婉，不在怨怒，在深于情。似歌谣，似乐府，杂乱成文，而用意忠厚，千秋绝调。”

《盘中诗》之所以能为无数后人推崇，奇妙之处便在于它的文字排列顺序，从中央到四周盘旋回转，好像珠走玉盘，屈曲成文。

作为一首简单质朴的爱情诗歌来讲，《盘中诗》在诗歌的最初用三字比兴，将对丈夫的思念通过山林高木、悲鸟啼鸣、泉水深深、鲤鱼肥硕表达出来，因为栖息在树林里的飞鸟饱受着寒风和凄苦的折磨，所以才悲鸣不断；而在泉水中游乐的鲤鱼，正是因为鱼水之欢，所以才能长得肥硕。

诗中的这位妻子巧妙地告诉丈夫，她就像那得不到滋润的飞鸟一样，在长安翘首以盼远方的丈夫而日益消瘦。这份刻骨的相思在诗中回旋写下，那循环的不仅是文字，还有妻子如海深的爱恋。

苏伯玉的妻子只是一个平凡的女子，她需要平凡的呵护和温存。同样是凡心波动，苏伯玉的妻子将情感寄托在诗歌之中，她想让苏伯玉知道，她对他的思念，从来就没有改变和中断过。这个女子用自己的蕙质兰心，为远在四川的丈夫绘制出了一幅思恋图。

如果苏伯玉有心，定然会风尘仆仆地赶回。“出门望，见白衣。谓当是，而更非。”苏伯玉的妻子抱着强烈的思念，甚至于连路过门口的陌生男子都当作丈夫的身影，由此可见她内心的纠结和思念有多深。

然而在这难解难分的思念下面，隐藏的也有妻子无限的担忧：她害怕丈夫在外另有新欢，将她遗弃。所以，便先为自己树立良好的形象，她希望这样可以令丈夫放心。可见在那个不平等的年代，女子想要守护一份感情是多么不容易。

而后，苏伯玉的妻子便对丈夫展开了声声的呼唤。她知道丈夫人才出众，为了让丈夫早日回家，她便隐晦地提醒丈夫，不要爱惜马匹，须得快马加鞭地赶回长安来，因为这里有做妻子的为他早就准备好的酒肉和宴会。情感在这里达到了高潮，而整首诗歌也就在此接近尾声。“今时人，智不足，与其书，不能读。当从中央周四角。”指点人们该如何去读这首诗。不过考据下来，不像是女诗人填上的，反倒像是多事的后人写上的。想来女诗人如此热切地期盼丈夫的归来，不可能用如此语气来指点丈夫该如何读这首诗。

不管怎么说，这都是一首巧妙的诗歌，是苏伯玉的妻子用智慧唱出来的诗歌。个中意味想来只有苏伯玉最能明了，据传这位才子在接到妻子的礼物后，当下快马加鞭，赶回了长安，与妻子团聚。

这首诗歌大多是三字成句，使得整首诗歌读起来语气急促，不像其他思恋诗歌那样温婉缓慢，反而表现出一种急躁和不安的情绪。这或许也与苏伯玉妻子的心境有所契合：正因为丈夫出门久不归来，所以，她的内心才从最初的缠绵委婉，转化成了躁动不安的激烈幽怨之情。

第五篇

大唐诗情，盛世华章

蝉

虞世南

垂緌饮清露①，流响出疏桐。

居高声自远，非是藉秋风。

【注释】

①緌（ruí）：即璎珞之类的垂饰物。

【赏析】

清代沈德潜在《唐诗别裁》中说："咏蝉者每咏其声，此独尊其品格。"所以，古人说"餐风饮露"既有蝉的清高，也有做人的风骨。文人们都喜欢以咏"蝉"来自比高洁，而在唐诗中，咏蝉诗年代最早的一首，就是虞世南的这首《蝉》。

"緌"是古人帽带下垂，结在下颔的部分，类似于蝉的触须。垂緌是官宦、显赫的一种身份象征，与蝉饮"清露"似乎略有矛盾，既贵且清的人和事也并不多见。所以，虞世南说，蝉长长的鸣叫从梧桐树里飘出来，很响亮。这是什么道理呢？只要身居高位，并不需要借秋风吹送，声音也自然可以传得很远。这恰恰解释了"清"与"贵"的关系。"登高而招，臂非加长也，而见者远。顺风而呼，声非加疾也，而闻者彰。"一个人志存高远、心地清洁，其人格魅力显著，自然不需要靠权势、地位才能给自己树立声望。

唐太宗经常称赞虞世南的"五绝"，认为他"德行、忠直、博学、文词、书翰"等方面均是上品。从这首《蝉》中，似乎可以读出虞世南的自信与从容。同为唐人"咏蝉三绝"之一，骆宾王说"露重飞难进，风多响易沉"，是一种不得志的抱怨；而"居高声自远，非是藉秋风"却显示了诗人淡定的气质、自省的精神。

赐萧瑀

李世民

疾风知劲草[①]，板荡识诚臣[②]。

勇夫安识义，智者必怀仁。

【注释】

①劲（jìng）草：茎坚韧的草。②板荡：指政局混乱、社会动荡。

【赏析】

这首诗是李世民送给萧瑀的。其中最著名的两句就是“疾风知劲草，板荡识诚臣”，讲的是“患难见真情”的主题。当年李氏兄弟争权，玄武门外刀光剑影，大臣萧瑀毫不犹豫地站在李世民的身旁，同甘共苦的生活考验了他们的勇气和感情。当一个人身处顺境、左右逢源之时，锦上添花的人肯定会很多。但只有身处逆境、需要雪中送炭的时候支持并帮助你的人，才是真正的朋友。李世民对此深有感触，所以他写诗送给萧瑀说：只有狂风大作，才知道哪一种草吹不弯、折不断；也只有在乱世之中，才知道谁是真正的忠臣。一介武夫怎么能够明白什么是道义和原则呢？只有智者才能始终怀有仁义之心。古语云“成者王侯败者寇”，刘邦和项羽，李世民和窦建德，都是这类典型。胜利了就是一国之君，从此名垂千古；失败了就要遁入山贼草寇的行列，甚至有可能性命不保。

然而在诗人看来，这并不是历史博弈的真正原因，“勇夫安识义，智者必怀仁”才是胜者与为寇者的区别。

春游曲

长孙皇后

上苑桃花朝日明[①]，兰闺艳妾动春情。

井上新桃偷面色，檐边嫩柳学身轻。

花中来去看舞蝶，树上长短听啼莺。
林下何须远借问，出众风流旧有名。

【注释】

①上苑：皇家的园林。

【赏析】

这首诗描写的是上林苑风景。诗中说上林苑的桃花迎着朝阳开得正绚烂，深闺里美丽的女子心中涌动着春情。井栏边的桃花仿佛她红润的面色，屋檐下的新柳仿佛她细腻的腰身。她在花间徘徊，看那飞来飞去的彩蝶；在树荫下乘凉，听那黄莺曲曲动人的歌唱。何必站在远远的林下询问呢？她的风流早就远近闻名，无人不知。

美景配美人，春色动春情。如此的清艳、风流，的确是唐代女子的第一首绝唱。

在历史的叙述中，长孙皇后端庄贤淑、勤俭公正，为唐代后宫的表率，也深得太宗的信任。她善良、高贵、优雅，不但是唐朝女子们争相效仿的对象，也是现代社会知性女子的典范。如此德高望重之人，应该是正襟危坐、不苟言笑才对。唯其如此，方能震慑三宫六院，母仪天下，立德、立言、立行。“兰闺动春情”这样的句子似乎很难与长孙皇后联系在一起。然而这确是《全唐诗》中所录的长孙皇后为数不多的诗作之一。恐怕没人相信，如此香艳的情诗竟然是堂堂一国皇后所作。事实上，大唐以开放的襟怀和气度闻名，年轻皇后的一腔春情，在这首诗中流露无遗，却也正好见证了大唐的奔放与唐诗流彩华章的风流。

进太宗

徐　惠

朝来临镜台，妆罢暂徘徊。
千金始一笑，一召讵能来①？

【注释】

①讵：岂，怎么。

【赏析】

徐惠是太宗的一位妃子。她四五岁便熟读四书五经，8 岁作诗《拟小山篇》歌咏屈原的高洁，并由此扬名：“仰幽岩而流盼，抚桂枝以凝想。想千龄兮此遇，荃何为兮独往。”唐太宗爱惜才俊，一道圣旨翻山越岭来到湖州，年仅 11 岁的徐惠就这样被召进宫门，封为才人。徐惠钟灵毓秀、天资聪颖，而且勤勉好学、温柔可人，深得太宗的喜欢。

据说，有一次太宗下旨召见徐惠妃，结果左等右等，千呼万唤就是不见踪影。太宗非常生气，正要发火的时候却忽然见人送来徐惠妃写的一首诗。

徐惠的诗上说：“从早上开始，我就整理妆容，为了迎接陛下。但是等了很久您都不来，急得我在屋子里团团转。古人说千金才能博佳人一笑，现在怎么您一下诏我就要来呢？”

明明早上起来就梳妆等候心上人，然而终于等到了，自己却偏偏闹别扭，还嗔怪“您让我等了这么久”。这样的话当然是徐惠和唐太宗开的一个玩笑。能够如此毫不顾忌，足见二人的感情绝非一般。

这首诗中，作者的娇嗔恰好显现出一份亲昵情思，太宗是绝顶聪明之人，自然能够读懂。女诗人的才情跃然纸上，让人心生怜爱和敬佩。相传太宗看完此诗之后，不仅没有大怒，反而哈哈大笑。只有解语之人方能如此洒脱。

徐惠与太宗的感情应该是笃厚的，据说太宗去世后，徐惠妃相思成疾并拒绝吃药，第二年也追随太宗而去，年仅 24 岁。

在狱咏蝉

骆宾王

西陆蝉声唱①，南冠客思深②。
不堪玄鬓影，来对白头吟。
露重飞难进，风多响易沉。
无人信高洁，谁为表予心。

【注释】

①西陆：指秋天。②南冠：代指俘虏。

【赏析】

这是初唐诗人骆宾王的一首名作。写作此诗的时候，骆宾王因得罪武则天而落监，故而名为《在狱咏蝉》。

秋蝉声声，诗人在监狱里听得阵阵心寒。一个“客”字意味深长。他觉得自己本不属于这里，却被关在牢中，所以他把自己当成客人。如此的心境，哪里经得住蝉鸣呢？你看秋蝉黑色的羽翼，而我已经白发苍苍。人无两度少年时，这种对比，实在令人心生伤感。

颔联两句，诗人运用比兴手法，委婉曲折地表达了凄恻之感情。“白头”二字，写出了不足 40 岁即鬓发花白的忧虑，也写出了为情所伤的惨痛。“白头吟”原是乐府曲名，据《西京杂记》记载，时司马相如对卓文君爱情不专后，卓文君作《白头吟》以自伤，“凄凄重凄凄，嫁娶不须啼，愿得一心人，白头不相离”。诗人在这里正是巧妙地运用了这一典故，隐喻自己对国家的一片忠爱之心却遭遇辜负，可谓一语双关，平添不少韵味。露水很重的时候，蝉翼淋水，没办法振翅高飞；大风呼啸，它再大的鸣叫也容易被淹没。所以，骆宾王不禁对蝉感叹，浊世昏昏，无人相信你的高洁——除了我，还有谁能够知道你的心意呢？这句话似在对蝉低语，又仿佛安慰自己。蝉的心事没人知道，难道诗人的志向就有人明白吗？由蝉到人，因功力深厚，诗作结尾丝毫不见漂浮之意，反而顿挫有力，沉思哀婉。

骆宾王写作此诗后不久便被释放。但他继续反对武则天当政，而且写下著名的《伐武曌檄》，号召天下人群起讨伐武则天。武则天看过他的文章后，不但不怒，反而大赞其文采斐然，并感叹他确为人才，甚至有宰相之能。可惜的是，他最终还是投靠叛军，兵败身亡。

于易水送别

骆宾王

此地别燕丹①，壮士发冲冠②。

昔时人已没[3]，今日水犹寒。

【注释】

①此地：指易水，易水源自河北易县，是战国时燕国的南界。②壮士：指荆轲，战国卫人，刺客。③昔时人：即指荆轲。没：死亡。

【赏析】

作为初唐四杰之一，骆宾王以诗文见长，但是他的一生却是以悲剧告终。清人陈熙晋在《骆临海集笺注》里说："临海少年落魄，薄宦沉沦，始以贡疏被愆，继因草檄亡命。"概括了骆宾王的一生。

诗人写此诗，虽是送别，但更多的是借诗抒发胸怀情感。荆轲是战国的勇士，骆宾王在易水畔，想起荆轲的故事，多少有些惺惺相惜的感怀。

当年荆轲刺秦，行至易水，高渐离击筑，荆轲慷慨悲歌："风萧萧兮易水寒，壮士一去兮不复还。"天地愁云，送行之人无不变色。后来荆轲虽不幸失手，但他肝脑涂地的热忱与忠诚，尤令后世深深铭记。昔日的侠客勇士已经随历史消逝在烟尘中，如今唯有寒风萧瑟，依然有当年的肃杀之气，易水桥下，流水还是如此冰寒。大有念天地之悠悠之感，只不过，骆宾王这首诗起首写得气势开阔，咏史感怀，却不落哀伤，带出几分悲怆与豪壮，末尾稍稍收抑，胸中的感情恰适而出。

寥寥四句，给人荡气回肠之感。不愧是借送别咏史言志的佳作，同时也开了初唐此类诗的风气先河。

如意娘

武则天

看朱成碧思纷纷，憔悴支离为忆君。

不信比来长下泪[1]，开箱验取石榴裙。

【注释】

①比来：近来。

【赏析】

女皇武则天留存诗作并不算多，这首诗是其中比较有名的一篇。诗人眼见年华似水，却无法看到自己的幸福和未来，那份惶恐与忧伤呼之欲出。她说自己“已经看朱成碧，老眼昏花了。而这一切都是因为太过思念你。不相信的话，可以开箱验取，那些石榴裙上还有我滴下的泪光”。这是一首情诗，诗中表达的是年轻女子都会有的温柔和忧伤。

武媚娘从小就不喜欢女工，英武十足，少年时曾随父母游历大江南北。壮美的山河开阔了她的眼界和胸襟，也历练了她的胆魄和才干。据史书记载，武媚娘辞别寡母入宫时，曾对她的母亲说：“如今我进宫见皇上，怎么知道就不是好事呢？不要哭哭啼啼的，像小孩子一样！”深宅大院、宫门紧闭，能被皇帝宠幸固然是好事。但人生漫漫，哪一天不幸失宠，老死宫中恐怕也无人知晓。媚娘母亲的痛哭想来也是人之常情。令人惊讶的是，年仅14岁的媚娘，面对未知的前途没有丝毫的恐惧，似乎人生的一切已然成竹在胸。

这首诗展现的却并不是野心勃勃的女皇气度。相反，此时的武媚娘，依然年轻貌美，同样有着对爱情的期盼与渴望。而诗中透露出的这份对爱情和相思的急迫表白，让人看到了作者身为女子的柔弱。

腊日宣诏幸上苑

武则天

明朝游上苑，火急报春知[①]。
花须连夜发，莫待晓风吹。

【注释】

①火急：火速。

【赏析】

这首诗是很好理解的，说的是自己要游上苑，虽正值隆冬腊月，然而作者不管，她以自己女皇的威严，命令火急报春知，要那百花连夜开放，而且迟了一刻都不行。

想必武则天作此诗时心境是意气风发的，而一代女皇的霸道威严也在短短20字中淋漓地彰显出来。

传说众花神接到命令后，迫于武则天的淫威都纷纷开放，唯有牡丹严守花令，拒不开花。结果第二天，武则天一怒之下令人将牡丹连根拔起，并火烧其根，贬往洛阳。

从军行

杨　炯

烽火照西京①，心中自不平。
牙璋辞凤阙②，铁骑绕龙城③。
雪暗凋旗画④，风多杂鼓声。
宁为百夫长⑤，胜作一书生。

【注释】

①西京：长安。②牙璋：古代发兵所用之兵符，分为两块，相合处呈牙状，朝廷和主帅各执其半。凤阙：皇宫。③龙城：汉代匈奴聚会祭天之处，此处指匈奴汇聚处。④凋：暗淡，模糊。⑤百夫长：军队的头目，泛指下级军官。

【赏析】

《从军行》，为乐府《相和歌·平调曲》旧题，多写军旅生活。诗人在首联两句写道：紧急的军情犹如燃烧的烽火迅速传到了西京，“国家兴亡，匹夫有责”的责任感激起书生的爱国之情，心中的英气突然翻滚，再也不想端坐书斋，消磨青春与人生。

随后写辞别皇宫，从皇帝的手中领到那支令箭，铁骑龙城，奔赴金戈铁马的沙场。颈联是对朔北疆场的细致描写：大雪纷飞，军旗上的彩绘也在岁月的风尘里渐渐褪色，狂风怒吼，鼓角争鸣的喧闹夹杂在风中。

诗人戴叔伦在《塞上曲》中说：“愿得此身长报国，何须生入玉门关。”能够驰骋疆场，报国报民，又何必在乎自己的生死呢？可见，英雄之气，磊落风骨，早已存在胸中，为国为民为众生，肝脑涂地，哪里还顾得上生死！

诗作的最后两句，杨炯直抒胸臆：“宁为百夫长，胜作一书生。”哪怕只是当个军队小官，也好过在书房里静坐。一股报国的急迫冲动飞流直下，颇有阵阵轰鸣、气壮山河之豪气。

代悲白头翁

刘希夷

洛阳城东桃李花，飞来飞去落谁家？
洛阳女儿惜颜色，行逢落花长叹息。
今年落花颜色改，明年花开复谁在？
已见松柏摧为薪①，更闻桑田变成海②。
古人无复洛城东，今人还对落花风。
年年岁岁花相似，岁岁年年人不同。
寄言全盛红颜子，应怜半死白头翁。
此翁白头真可怜，伊昔红颜美少年。
公子王孙芳树下，清歌妙舞落花前③。
光禄池台文锦绣，将军楼阁画神仙④。
一朝卧病无相识，三春行乐在谁边？
宛转蛾眉能几时⑤，须臾鹤发乱如丝。
但看古来歌舞地，唯有黄昏鸟雀悲。

【注释】

①松柏摧为薪：松柏被砍伐做柴薪。②桑田变成海：典出《神仙传》：“麻姑谓王方平曰：‘接待以来，已见东海三为桑田。’”③这两句是说，白头翁年轻时曾和公子王孙在树下花前共赏清歌妙舞。④这两句是说白头翁昔年曾出入权势之家，过着豪华的生活。光禄：光禄勋。此处指东汉马援之子马防的典故。《后汉书·马援传》载：马防在汉章帝时拜为光禄勋，生活十分奢侈。文锦绣：指以

锦绣装饰池台中物。将军：指东汉贵戚大将军梁冀。曾大兴土木，建造府宅。⑤宛转蛾眉：这里指女子的青春年华。

【赏析】

此诗又名《代白头吟》，大意是说，洛阳城东开满了桃花与李花，飞来飞去，不知道都落在了谁家。洛阳的女子感慨落花，常常叹息犹如人生的绽放与凋落。今年落花，明年发新枝、开新芽，不知道还有谁能在。沧海桑田，大自然鬼斧神工还有什么不能改变吗？古人已经不会再经过洛阳城东了，而今天的人却依然对着风中落花感慨。年年月月，花都是一样地开落；可是，月月年年，赏花的人却已然不同。诗的后半段写到白头老翁，说这老翁也曾经是红颜美少年，可惜一朝生病无人过问。言外之意，这红颜少年也终有两鬓风霜的一天，韶光易逝，不过都是短促之间。诗歌的后半部分是感怀古人，多少风光显赫的贵胄，轻歌曼妙的丽人，最后也都只落得个须臾鹤发乱如丝的下场。

诗歌末尾四句最是悲情，真正应了诗题所谓的“白头吟”。

此诗是一首拟古乐府。《白头吟》是汉乐府相和歌楚调曲旧题，古辞写的是女子毅然与负心男子决裂。诗人在这里则从少女写到老翁，咏叹人生的富贵无常、韶华易逝。抒情婉转，语词优美和谐，在初唐长诗中极受推崇，历来传为名篇。“年年岁岁花相似，岁岁年年人不同”两句历来被作为佳句竞相传诵。

这首诗很难说到底是悲伤还是快乐，又或兼而有之，总归是写出了自然的恒常与人生的无常。神龟虽寿，犹有竟时。不管你怎样看待人生，珍惜或者浪费，她都如滔滔江水般一去不复返。所以，中国有句俗话：“年轻别笑白头翁，花开花落几日红。”没有谁能够永远朱颜皓齿，“人生韶华短”，早一步或者晚一步而已，每个人都要步入白发苍苍的行列。

渡汉江

宋之问

岭外音书断[1]，经冬复历春。

近乡情更怯，不敢问来人。

【注释】

①岭外：五岭之外。

【赏析】

诗人和家里断绝音讯已经很久了，从冬天到春天就一直没有消息。等到离家乡近了，心理上反而有了疏离与惊恐，因为不知道家里的情况会怎样，更不敢问家里的情况。这看似矛盾的心理背后，掩藏着诗人的焦灼与渴望。

杜甫说："烽火连三月，家书抵万金。"当战乱的马蹄踏碎了家园，分别日久，不知道家中是否已经横生变故。对亲人的关切、家园的担忧，恰恰让人不敢轻易触碰。几番梦回故里，笑着睡去；如今荣归故里，反倒不知所措。

家中的一切是否如昔？老屋外的草地、草地边的小溪、小溪畔的垂柳、垂柳下的旧居，一切都在岁月的流逝中静静地数着年轮。而那长长久久的乡愁，盘旋在心头的熟悉，就这样在欢天喜地中渐渐扬起。

"近乡情更怯，不敢问来人"，一个"怯"字，如点睛之笔，把诗人复杂的心情表现了出来。

登幽州台歌

陈子昂

前不见古人，后不见来者。

念天地之悠悠①，独怆然而涕下②。

【注释】

①念：想到。悠悠：形容时间的久远和空间的广大。②怆然：伤感的样子。涕：古时指眼泪。

【赏析】

幽州台，即燕国时期燕昭王所建的黄金台，在今北京一带。诗人登上幽州台，目光穿越历史，回到战国，当年燕昭王筑黄金台招才纳贤，令天下臣服。而今，独立台上的诗人，回望前尘，张看身后，再也看不到贤王，也没有那样一位贤明的君王来效仿此法了。天悠悠之高远，地悠悠之壮阔，在这漫长的历史长河面前，诗人难掩心中万千感慨，孤独地兀立于此，怆然而泪下。

陈子昂生活在初唐时期，天下初定，万事更新，一切都处在激烈的变化中，含着历史层层断裂的阵痛，也有着对新生的渴望与追逐，所以，他没有辛弃疾那种“儒冠误身，英雄无路”的叹息，也没有张孝祥那种“匣剑空蠹，一事无成”的愁苦。相反，他的诗中，始终贯穿着报国的激情。所以，即便悲伤、孤独，也都显示出格局的大气与开放。

李泽厚先生在《美的历程》中这样评价此诗：“陈子昂写这首诗的时候是满腹牢骚、一腔愤慨的；但它所表达的却是开创者的高蹈胸怀，一种积极进取、得风气先的伟大孤独感。它豪壮却并不悲痛。”

回乡偶书

贺知章

其一

少小离家老大回，乡音无改鬓毛衰①。
儿童相见不相识，笑问客从何处来。

其二

离别家乡岁月多，近来人事半消磨。
惟有门前镜湖水②，春风不改旧时波。

【注释】

①鬓毛：额角边靠近耳朵的头发。衰：疏落，衰败。②镜湖：湖名。在今浙江绍兴会稽山北麓。

【赏析】

贺知章36岁考中进士后便离开了家乡，所以自称“少小离家”。等到86岁的时候，在外奔波了将近半个世纪，终于在高龄的时候回到家乡。一个人的生命能有多长呢？大概和记忆的铁轨一样漫长，深深地铺向生命的尽头。多少年过去了，他已然白发苍苍；可骨子里那份对故乡的依恋和执着，却从未有过任何变化。年少的孩子们却并不认识他，还笑着问他是从哪里来的。本来是故乡的人，却被误以为“客”，世事苍茫，人生短暂，诗人心头不免涌起无限感慨。

在《回乡偶书》的第二首诗中，他将这份归乡之情描绘得更加直白。他说：离开家乡已经太久了，近来人事沧桑，所以返回家乡。实际上，贺知章一生仕途都较为平顺，虽然没有大红大紫，但也算善始善终。八十几岁告老还乡，得到玄宗赏赐的土地，而且有许多朝中大臣都来唱和送行，也算衣锦还乡了。但一切荣耀都抵不上返乡的渴望。沧海变幻，物是人非，少年已然不认识当年的老者，但老者当年走时又何尝不是少年？

贺知章漂泊一生，返乡不久后便过世了。漂泊半世，终回故里，可惜却又是这般匆匆地离世，不能不让人嗟叹。

凉州词

王之涣

黄河远上白云间①，一片孤城万仞山②。
羌笛何须怨杨柳③，春风不度玉门关④。

【注释】

①远上：远远向西望去。“远”一作“直”。②仞：长度单位。古时七尺或八尺为一仞。万仞，形容极高。③羌笛：是一种乐器。④度：越过，经过。玉门关：汉武帝置，因西域输入玉石取道于此而得名。故址在今甘肃敦煌西北小方盘城。

【赏析】

凉州词又名《凉州歌》，为当时流行的一种曲子配的唱词。凉州为唐属陇右道，州治在今甘肃省武威县。

这首《凉州词》虽是一首怀乡曲，却写得慷慨激昂、雄浑悲壮，毫无半点悲凄之音。“黄河远上白云间”，既有奔涌磅礴的气势，也有逆流而上的坚韧。一片孤城，羌笛何怨，将冷峭孤寂的情思脱口而出，却没有消极和颓废之感。万丈雄心与盛唐气象如水银泻地，流畅自如。

春江花月夜

张若虚

春江潮水连海平，海上明月共潮生。
滟滟随波千万里[1]，何处春江无月明。
江流宛转绕芳甸[2]，月照花林皆似霰[3]。
空里流霜不觉飞[4]，汀上白沙看不见[5]。
江天一色无纤尘，皎皎空中孤月轮。
江畔何人初见月？江月何年初照人？
人生代代无穷已，江月年年只相似。
不知江月待何人，但见长江送流水[6]。
白云一片去悠悠，青枫浦上不胜愁[7]。
谁家今夜扁舟子？何处相思明月楼[8]？
可怜楼上月徘徊，应照离人妆镜台。
玉户帘中卷不去[9]，捣衣砧上拂还来[10]。
此时相望不相闻，愿逐月华流照君。
鸿雁长飞光不度[11]，鱼龙潜跃水成文[12]。
昨夜闲潭梦落花[13]，可怜春半不还家。
江水流春去欲尽，江潭落月复西斜。
斜月沉沉藏海雾，碣石潇湘无限路[14]。
不知乘月几人归[15]，落月摇情满江树。

【注释】

①滟滟（yàn）：波光闪动的光彩。②芳甸：遍生花草的原野。③霰（xiàn）：雪珠，小冰粒。④流霜：飞霜，古人以为霜和雪一样，是从空中落下来的，所以叫流霜。这里比喻月光皎洁，月色朦胧、流荡，所以不觉得有霜霰飞扬。⑤汀（tīng）：

水边沙地。⑥但见：只见、仅见。⑦青枫浦：一名双枫浦，在今湖南浏阳济水中。这里泛指荒僻的水边之地。⑧明月楼：月夜下的闺楼。这里指闺中思妇。⑨玉户：形容楼阁华丽，以玉石镶嵌。⑩捣衣砧：古人洗衣，置石板上，用棒槌捶击去污。这石板叫捣衣砧。捣，反复捶击。⑪光不度：意谓飞不过这片无尽的月光，也就是“书信不到”之意。⑫鱼龙：这里是偏义复词，“龙”字无实际意义。古乐府《饮马长城窟行》：“客从远方来，遗我双鲤鱼。呼儿烹鲤鱼，中有尺素书。”后以鱼书指书信，这句意思与上句同。水成文，也就是“虚幻如同水花”之意。⑬闲潭：幽静的水边。⑭碣石：山名，在河北。指北方。潇湘：水名，潇水在湖南零陵入湘水，这一段湘水叫潇湘，指南方。⑮乘月：随着月色。

【赏析】

张若虚乃是开元年间著名的“吴中四士”之一，至今存诗仅有两首，而这首《春江花月夜》以“孤篇盖全唐”的美誉流传千古，被闻一多赞为“诗中的诗，顶峰的顶峰”。“春、江、花、月、夜”5个字包含了5种景色，诗题就令人心驰神往，而这5种意象，都包含了自然的循环往复与人世的更迭；集中体现了人世间最动人的良辰美景，构成了一片引人探寻遐想的奇妙艺术境界。轮回的春天，流动的江水，花开花落是时光的一份见证，千古月光照耀着古今的人们，而清凉的夜色也陪衬了如水般的岁月和生活。所以，张若虚说“人生代代无穷已，江月年年只相似”。不知道江月在等待什么人，只能看见长江流水，绵绵不绝。

《春江花月夜》是乐府《清商曲辞·吴声歌曲》中的旧题。关于此诗题创制者，“未详所起”；也有说是陈后主所作，或者隋炀帝所创作。据郭茂倩《乐府诗集》所录，题名“春江花月夜”的诗作共7首，除张若虚这一首外，隋炀帝二首，诸葛颖一首，张子容二首，温庭筠一首。而以张若虚这首最上，历来有“孤篇横绝，竟为大家”的盛誉。

古从军行

李　颀

白日登山望烽火①，黄昏饮马傍交河②。

行人刁斗风沙暗，公主琵琶幽怨多③。

野营万里无城郭，雨雪纷纷连大漠。
胡雁哀鸣夜夜飞，胡儿眼泪双双落。
闻道玉门犹被遮，应将性命逐轻车。
年年战骨埋荒外，空见蒲桃入汉家。

【注释】

①烽火：古代用作警报信号。②饮（yìn）马：给马喂水。③公主琵琶：汉武帝时刘细君远嫁乌孙国王时，因途中烦闷而作琵琶之音。

【赏析】

诗人白天在山上望四方的烽火，晚上在交河边饮马。行军之人，白天以刁斗煮饭，晚上用此来省更。黄沙漫天，漆黑的夜晚，只能听到巡夜的更声，还有如泣如诉的琵琶声。万里之内，没有城郭没有人烟，雨雪纷飞，苦寒之地，连着茫茫的大漠。胡雁胡儿的哀鸣和眼泪，就这样双双落下。谁不想回家呢？可玉门被遮，只能和敌人决斗分出你死我活。年年战骨，埋在荒野之外，只为了换“葡萄”种满汉家的庭院。

通过李颀的这首诗，人们对汉武帝的穷兵黩武似乎有了更全面的认识，但很多人似乎都忽略了深藏在诗中的落寞。

“公主琵琶幽怨多”，这句简简单单的唐诗描述了汉代公主细君的故事。刘细君本是江都王刘建的女儿，被汉武帝册封为公主，远嫁到乌孙王国做夫人。史书记载，她不但貌美，且多才多艺，琴、筝等古乐更是无不精通。唐人《乐府杂录》中就说：“琵琶，始自乌孙公主造。”

和亲与远嫁，似乎是许多公主难逃的命运。这条和亲的路上，留下的不仅有鼓乐喧天远嫁的欢歌，也有那些年轻公主们的泪水、屈辱和魂断故乡的悲苦。

出 塞

王昌龄

秦时明月汉时关，万里长征人未还。
但使龙城飞将在①，不教胡马度阴山②。

【注释】

①龙城飞将：实指李广，但在诗中不仅指其一人，更是指代众多汉朝抗匈奴名将。②胡：古人对西北少数民族的称呼。阴山：山名，指阴山山脉，在今内蒙古境内。

【赏析】

自秦汉以来，冷月边关，一切似乎都没有变化；而月下关口的征战似乎也从未停止。在辽远的时空里，战争似乎成了明月、关隘唯一的主题。万里征途，将士们此去还没有回来。假如镇守龙城的卫青还在，抗击匈奴的飞将军李广还在，便再也不会有外敌入侵边境。诗中说的“秦时明月汉时关”，不能简单理解为秦朝的明月、汉朝的关塞，而应该将秦、汉、明月、关塞融合在一起，叠加成各种不同的画面。而“龙城”和“飞将”都不是特指，而是暗含了对良将名臣的呼唤。只要有这样勇猛的将军，便可以让人们过上和平的生活。

这首诗看似平常，写的是古代常见的边塞战争；但实际上却暗含了一个主题：和平。王昌龄说只要有奋勇杀敌的将军，为国捐躯的战斗精神，就可以抵御外族的侵扰，还百姓以安宁。其实不仅是秦、汉，世世代代的人们所渴望的都不过是安居乐业的生活。这里，并没有“笑谈渴饮匈奴血”的胆魄，也没有“直捣黄龙”的野心，在诗人的心里，只要能够镇守住边疆的平安、祥和，对敌人有震慑力就足够了，并无攻城略地、挥师抢占别国领土的意图。而这份“点到即止”的战争观，其实就来自传统文化的“平和”之气。

明代文学“后七子”的领袖李攀龙，将王昌龄的这首《出塞》评为“唐人七绝的压卷之作”，足见其成就之高。

芙蓉楼送辛渐

王昌龄

寒雨连江夜入吴①，平明送客楚山孤②。

洛阳亲友如相问，一片冰心在玉壶③。

【注释】

①吴：三国时的吴国在长江下游一带。②平明：清晨，黎明。客：指辛渐。楚山：春秋时的楚国在长江中下游一带。③冰心：比喻自己心地晶莹纯洁。

【赏析】

芙蓉楼原名西北楼，遗址在润州（今江苏镇江）西北。辛渐是唐代人，是作者王昌龄的朋友。这首诗大约写于开元二十九年以后，当时王昌龄为江宁（今南京市）丞。此诗写的是早晨在江边送别朋友的情景。第一句“寒雨连江夜入吴”，描写烟雨迷蒙笼罩着江天，像是漫天里无边无际的离愁别绪。

这首诗不像普通送别诗那样极力渲染离情，而是以寒雨、孤山来衬托自己的孤独。虽然没有直说自己思念朋友的心情，但却想象着朋友对自己的思念，而且叮嘱说，假如他们问起我的话，一定要告诉他们，我的心依然像冰一样纯洁、玉一样高贵。

关于玉壶冰之典之前就有很多诗人用过，玉壶冰成为人格澄澈磊落的象征。诗人王昌龄几次遭贬，“谤议沸腾，两窜遐荒”，大诗人仍然不拘小节不改初衷。在这首诗里，他托辛渐给洛阳亲友带去口信，用冰和玉来映衬自己的志向，传达的就是自己依然冰清玉洁、坚持操守的信念，深藏巧妙的语言功力，也给人留下了深刻的印象，确是上乘佳作。

第六篇

宋词的美丽与哀愁

相见欢

李　煜

林花谢了春红[①]，太匆匆，无奈朝来寒雨晚来风。

胭脂泪[②]，留人醉[③]，几时重[④]？自是人生长恨水长东。

【注释】

①谢：凋谢。②胭脂泪：指女子的眼泪。女子脸上搽有胭脂，泪水流经脸颊时沾上胭脂的红色，故云。③留人醉：一本作“相留醉”。④几时重：何时再度相会。

【赏析】

这首《相见欢》初读字字写景，细品却句句言情。花开花谢，时光匆匆，人世间最无常的就是自然的更迭，恰如晨起的寒雨晚来的冷风。在苦雨凄风的岁月中，不禁想到了分别时的场景。人生的哀痛莫过于“生离死别”，娇妻的泪水点点滴落，可惜连这样伤感的时光都不知几时还能再有！人生的遗憾犹如东流之水连绵不休。

正所谓“一切景语皆情语”，岁月匆匆，不仅有红花凋落，也有国破山河碎的悲凉。“朝来寒雨晚来风”，简简单单的7个字，既写出了晨昏的景致，也写出了处境的凄苦。

李煜被软禁期间，虽然名为侯，实则与外界几乎隔绝。“违命侯”这三个字对这位南唐后主的羞辱恐怕是外人无法真正体会的。人间的悲欢离合、春秋苦度，深深地刺痛着词人。

除了风雨，真的再也没有什么来客了。人生长恨水长东，这般恨，真个无有终了。

虞美人

李　煜

春花秋月何时了[①]，往事知多少。小楼昨夜又东风，故国不堪回首月明中！

雕栏玉砌应犹在[2]，只是朱颜改[3]。问君能有几多愁[4]，恰似一江春水向东流。

【注释】

①了：了结，完结。②砌：台阶。雕栏玉砌：指远在金陵的南唐故宫。应犹：一作“依然”。③朱颜改：指所怀念的人已衰老。④君：作者自称。能：或作“都”“那”“还”“却”。

【赏析】

据史书记载，南唐旧臣徐铉探望李煜时，李煜拉着徐铉的手悲切地哭了起来，感慨当初听信谗言错杀忠臣，抚今追昔，悔恨难平。不料，徐铉是宋太宗派来的“眼线”。贰臣终究是贰臣，被宋太宗一逼问，吓得什么都说了，当然吞吞吐吐透露出的还有李煜对近况的哭诉。这是宋太宗所无法忍受的。

很快，李煜的生日到了。明月当空，故国不堪回首。后主的文人情思在这夜色和月色中被深深地唤起，“雕栏玉砌应犹在，只是朱颜改。问君能有几多愁，恰似一江春水向东流”。推杯换盏之际，竟然忘了寄人篱下需低头的道理，酒入愁肠，一时兴起，国仇家恨喷薄而出。

一首《虞美人》，成就了李煜个人词史上的辉煌，也葬送了他宝贵的生命。据说宋太宗被“小楼昨夜又东风”激怒，赐下毒酒一杯。李煜死后被追为吴王，爱妻小周后悲痛欲绝，不久也随之而死。美人香消玉殒随爱仙逝，空留一段《虞美人》孤独遗世成千古绝唱。

纵观李煜的一生，半是词人，半是帝王。为词，他香艳旖旎；为王，也多如此。

李煜走后，世间留下了他的词作。人们记不得他当皇帝时候的词，却感慨他阶下囚生活的无尽心酸，“梦里不知身是客，一晌贪欢。独自莫凭栏，无限江山，别时容易见时难。”字字看来皆是血，今非昔比痛断肠。所以王国维评价说：“后主之词，真所谓以血书者也。”

忆帝京

柳 永

薄衾小枕凉天气，乍觉别离滋味[①]。展转数寒更，起了还重睡。毕竟不成眠[②]，一夜长如岁[③]。

也拟待、却回征辔[④]；又争奈、已成行计。万种思量，多方开解，只恁寂寞厌厌地[⑤]。系我一生心，负你千行泪。

【注释】

①乍觉：刚刚发现。②毕竟："终于""到底""无论如何"的意思。③岁：年。④也拟待：这是万般无奈后的心理活动。却回征辔：怎么能掉转马头回去呢。⑤寂寞厌厌地：百无聊赖地。

【赏析】

柳永和歌伎舞女们的感情极深，这一点不容置疑。但柳永笔下的情词，多为女子的思恋。这一首《忆帝京》，沾染了无限相思，以男子的口吻和立场来写可谓别具一格。难怪刘熙载在《艺概》论柳词中盛赞"细密而妥溜，明白而家常"。

细看这首词，薄衾天凉秋意渐浓，深夜独卧，辗转反侧，相思袭来难入眠，醒来还想睡，希望在梦里重逢。一句"毕竟不成眠"蕴含了无比的思念和孤单。我们常常用"一日不见如隔三秋"形容相思之苦，却不料柳永的一句"长夜如岁"更让人心惊。别离的滋味可说是写得情浓隽永。

下阕更加深入地描写了离情。相思无尽，只想回头找你；可是已赴征程，为功名也为生计。于是寂寞天地，只能在万种无奈中开解自己。通篇明白晓畅、平和浅易，寥寥数字勾勒出一个离开心爱之人的男子度日如年的愁苦。如果至此结束，顶多不过为"淫词艳曲"中流行一时的诗句。可柳永毕竟不是普通人，他对艺伎的感情也非同一般。结尾处一句"系我一生心，负你千行泪"如繁花落地。落拓曲折处，委婉动情，九曲回肠之意，深切动人。从来人们太熟悉女子的倾诉，正因如此，在一个男权世界里，能够听到才华横溢的才子深深的表白，更觉意义非凡。

读柳永词，虽然可以读出他的沉沦，也同样可以读出一种别样的韵味。柳永，一个深入市井的落魄文人，一个青楼女子的蓝颜知己，一个烟花柳巷的四时常客，一个在潦倒中走出异样轨迹的词人。他的生活是北宋这场大戏里的一个亮点，折射出当时的人生百态，照亮了那个时代为人所耻、歌舞升平而又道德冰冷的角落。所幸的是，他的词作没有和生活一样浪迹酒色，而是时刻散发出人性的悲悯和况味。

江南春

寇　准

波渺渺，柳依依。孤村芳草远，斜日杏花飞。江南春尽离肠断，蘋满汀洲人未归①。

【注释】

①蘋：一种生活在水中的蕨类植物。

【赏析】

这是寇准流传于世的一首小词，词中写道：江南春水荡漾，烟波缥缈，绿柳条条，绵绵思绪，柔柔芳草。夕阳映照下，杏花飘飞。孤村，芳草，斜阳，总归是离愁别绪，断肠苦，人未归；青春年华如浮萍遇水，聚散两依依。

堂堂宰相，写此柔情似水的小词，难免让人联想其弦外之音。

寇准出身世家，19岁就高中进士。当时的皇帝宋太宗赵光义选官时，喜欢倾向于年老持重的人，于是有人建议寇准把年龄填大一点，不料遭到寇准的拒绝，理由是："准方进取，可欺君耶？"从步入仕途的那一刻，寇准的正直就为他带来无数的荣耀。

寇准其人虽正直、率真，但识人的眼光却并不准。早年时，老臣王旦一直对他十分赏识，并在太宗面前推荐他为宰相。结果他却毫无知觉，并常奏本揭发王旦的短处，连皇帝都替王旦叫屈。良相未能善待，而后辈奸臣丁谓又出其门下。丁谓等人不断排挤寇准，终于把他挤出了朝廷，贬到千山万水外，不知所终的地方。

晚年的寇准，在政界惨遭排挤，生活中因为铺张浪费也屡遭指责。他生性奢豪，飞黄腾达后更是极度奢侈：家里从来不点油灯，都是用蜡烛照明。相传，连寇准家的厨房、厕所里，烛光都彻夜不熄，天明便可见烛泪遍地堆积。南宋大诗人陆游在巴东叩拜寇准遗像时，曾作诗云："人生穷达谁能料，蜡泪成堆又一时。"寇准仕途上无限风光，但生活方面却多为后世诟病，素以节俭著称的司马光就经常以他为反面教材，教育儿子要勤俭持家。

渔家傲

范仲淹

塞下秋来风景异[①]，衡阳雁去无留意。四面边声连角起[②]。千嶂里[③]，长烟落日孤城闭[④]。

浊酒一杯家万里，燕然未勒归无计[⑤]。羌管悠悠霜满地[⑥]。人不寐，将军白发征夫泪！

【注释】

①塞下：边地。风景异：指景物与江南一带不同。②边声：马嘶风号之类的边地荒寒肃杀之声。角：军中的号角。③嶂：像屏障一样并列的山峰。④长烟：荒漠上的烟。⑤燕然：山名，即今蒙古境内之杭爱山。勒：刻石记功。据《后汉山·窦宪传》记载，东汉窦宪追击北匈奴，出塞三千余里，至燕然山刻石记功而还。燕然未勒：指边患未平、功业未成。⑥羌管：羌笛。霜满地：喻夜深寒重。

【赏析】

范仲淹曾亲历战场，带兵作战，许多军旅题材的词作广受青睐，最著名的便是这首《渔家傲》。开头两句是对塞外朔地景象的描绘，给人营造了一种开阔苍茫的气象。在这塞外守边征战，其艰苦是常人无法想象的，思乡变成了永久的话题。然而"浊酒一杯家万里，燕然未勒归无计"。战事未结束，归家不得，这是种悲情，但同时似乎也蕴含着词人"不破楼兰终不还"的决心。词句彰显的是一位爱国文人的胸怀。这虽是一首边塞词，但却不入俗臼，显得悲壮而不悲伤。结尾"人不寐，将军白发征夫泪"，可堪可叹。苍苍白发，空对南飞大雁，一杯浊酒，闷对落日孤城。

英雄情怀的悲歌与幻灭，都在这一刻随长烟腾起。

苏幕遮

范仲淹

碧云天，黄叶地，秋色连波，波上寒烟翠。山映斜阳天接水，芳草无情，更在斜阳外。

黯乡魂[1]，追旅思[2]，夜夜除非，好梦留人睡。明月楼高休独倚。酒入愁肠，化作相思泪。

【注释】

①黯乡魂：黯，愁苦、沮丧。指思乡之愁苦令人黯然销魂。②追旅思：追，纠缠不休。旅思，羁旅的愁思。

【赏析】

范仲淹工于诗文，除了家国愁恨之外，也有自己的一份闲情逸致，且写过许多描写景致的词，其中以这首《苏幕遮》写得最是凄婉。

词开头两句“碧云天，黄叶地”，从天地大气之中抽取出无边秋色。然后是远山、斜阳、芳草外，天水相连。感伤、旅怀、忧思、乡愁，令一切都黯淡无神。独倚栏杆，泪暗洒，一杯美酒，一怀愁绪，浓烈地在心里燃烧，化为无尽的相思泪。

自古文人多风流，而宋代文人由于生活的滋润与富饶，则更添几分情致。宋词中男欢女爱、相思成灾的词多如牛毛，但能够写到范仲淹这样沉痛的并不多，而这一篇更是范仲淹的代表作。

卜算子慢

柳　永

江枫渐老，汀蕙半凋[1]，满目败红衰翠。楚客登临，正是暮秋天气。引疏砧、断续残阳里。对晚景、伤怀念远，新愁旧恨相继。

脉脉人千里。念两处风情，万重烟水。雨歇天高，望断翠峰十二。尽无言、谁会凭高意？纵写得、离肠万种，奈归云谁寄？

【注释】

①汀蕙：水边小洲上的蕙兰。

【赏析】

此词为摹写羁旅行役和离情别绪的佳作。全词以真挚、浓厚的情意和流利的词笔，描写了游宦异乡的客子暮秋时节登高怀人的情事，抒发了异乡客子对伊人的深切怀念和望而不见、传书无凭的凄苦心情。

残阳映照，画柳烟桥边，执子之手，离愁万种。情到深处，却依然要含蓄隐忍片刻，无语凝噎，千叮万嘱，含情脉脉，话不尽的依依别情，留恋处，兰舟时时催发。此情此景，在传统文人的生活中，一般都是和发妻话别时的情景。到了柳永这里，便不是娇妻，而是风尘女子了。

柳永笔下云集的青楼女子，秀香、英英、瑶卿、心娘、佳娘等都得到过柳永诗词，如“秀香家住桃花径，算神仙才堪并”“英英妙舞腰肢软，章台柳，昭阳燕”“有美瑶卿能染翰，千里寄小诗长简”“心娘自小能歌舞，举意动容皆济楚”“佳娘捧板花钿簇，唱出新声群艳伏”。

柳永仅凭婉约小词，就将世所唾弃的青楼女子形象带进了高雅的文学殿堂，从为文和为人两方面来讲，都是一种突破，是非一般的境界。他不像达官显贵，一夜春宵后，重整衣冠，站在道德的制高点，鄙视他们曾经玩弄过的青楼女子，一副假道德君子的模样。

柳永是以平等的、同情的态度去对待这些女子的。他可以发现她们灵魂中可贵的东西，用饱含怜悯的诗词抚慰她们冰冷的灵魂。

柳永比亲人还能体谅她们的苦处，她们找到了能倾诉衷肠的好伙伴。他的眼神抛弃了轻蔑，多了点理解，随时令人感到“同是天涯沦落人”的惆怅。

清平乐

晏　殊

红笺小字[①]，说尽平生意。鸿雁在云鱼在水[②]，惆怅此情难寄。

斜阳独倚西楼，遥山恰对帘钩[③]。人面不知何处，绿波依旧东流。

【注释】

①红笺：印有红线格的绢纸。多指情书。②鸿雁：大雁。③帘钩：挂窗帘的铜钩，此处代指窗户。

【赏析】

晏殊字同叔，14岁的时候，应神童试，真宗召其与众进士同廷应考，结果晏殊提笔成文，从容镇定，真宗赐进士出身。35岁正是许多人为功名挤破头的时候，晏殊却已经升任翰林学士，后拜相；一生富贵，平步青云。

或许正因此，晏殊的词里多为平和的情感，很少使用冷僻的典故。其清健的词风，正如他平平稳稳的一生，"修身、齐家、治国、平天下"，而悠游也可以成就难得的风雅。一首《清平乐》，正是这种从容、娴雅的例证。

小词上阕写情，幽幽爱慕都铺陈在一方小巧的信纸上，"雁足传书""鱼传尺素"，惆怅深处，连最愿意传递感情的它们也不忍将情书送出。托书不成，便只能借景抒情，将无限情思融入眼前的景色中，斜晖脉脉，高楼上独自一人，"遥山恰对帘钩"，本想两两相望穿越时空，不料目光受到青山的阻隔，徒添一段愁思。结尾两句，笔锋忽转，并无更多悲凉之感，情人不在，而绿波依旧。言虽有尽，却含义无穷。

这首《清平乐》读来虽有哀愁却并不哀怨，虽是艳情却毫不妖艳；惆怅难遣，却也不似柳永和周邦彦等人的浓艳香软、汪洋恣肆。所谓"文如其人"正是此意。晏殊写词，由于经历和身份的原因，感情上总是有所收敛，"胸有惊涛，面如平湖"，这种风致在这首小词中得到了充分的体现。

浣溪沙

晏　殊

一曲新词酒一杯，去年天气旧亭台[①]。夕阳西下几时回?
无可奈何花落去，似曾相识燕归来。小园香径独徘徊[②]。

【注释】

①“去年”句：语本唐人邓谷《和知己秋日伤怀》诗“流水歌声共不回，去年天气旧池台”。②香径：花园里的小路。

【赏析】

这是晏殊最为著名的一首词作，词境直指人世无常，感慨世事变迁。

对酒当歌，试问“夕阳西下几时回”；夕阳西下，触动了词人的情思，彩虹易散琉璃碎，亭台楼阁依旧，而韶华流转却转眼成空。词人不仅描写了眼前事物，更有对世事无常的感喟。

“无可奈何花落去，似曾相识燕归来”两句更成为词坛绝唱。花开花落，春去秋来，美好事物的消长无法阻止，空留词人在园中徘徊独思。年年岁岁花相似，岁岁年年人不同。这种对人生哲理性的思考，令词作在语言和意境上都显示出卓尔不群的风采。

由于晏殊的位高权重，所以他不用像南宋很多词人那样，为晋级和交友而做些应制的唱和，他不用为酬答谢意而埋藏真性情，辱没自己的才学。

有人说晏词的清丽雅秀有花间词的遗风，但从晏殊这首《浣溪沙》来看，实在有“出于蓝而胜于蓝”的成就。

浣溪沙

晏　殊

一向年光有限身[①]，等闲离别易销魂[②]。酒筵歌席莫辞频。
满目山河空念远，落花风雨更伤春。不如怜取眼前人[③]。

【注释】

①一向：片刻，一晌。有限身：意思是人生短暂。②等闲：一般，平常。销魂：灵魂离开肉体，指极度悲伤、痛苦或快乐。③怜：怜爱，珍惜。取：语助词。

【赏析】

这首《浣溪沙》是晏殊的代表作之一。词人哀怨的是时光有限，离别之情最是伤人。推杯换盏之际，良友相对，及时行乐方能排遣抑郁。满目山河空悲喜，落花时节，风雨更添春愁，不如把酒言欢，立足现实，珍惜眼前。

晏殊虽少时赐进士出身，但在论资排辈的封建官场，一切工作都要从基层做起。词人似乎能参透人生的憔悴易损，所以自然也不愿意让时光一去成空。与其悲辛无尽，不如用心珍惜，正所谓“满目山河空念远，不如怜取眼前人”。而类似的主题，词人在他的《踏莎行》中也曾吟唱过：“春光一去如流电。当歌对酒莫沉吟，人生有限情无限。”能够好好地珍惜眼前的一切，才能牢牢地抓住幸福的人生。这是词人的人生哲学。

生查子

欧阳修

去年元夜时[①]，花市灯如昼。月上柳梢头，人约黄昏后。

今年元夜时，月与灯依旧。不见去年人，泪满春衫袖。

【注释】

①元夜：农历正月十五夜，即元宵节，也称上元节。

【赏析】

这首《生查子》是欧阳修的代表作。主人公通过对“去年今日”的怀念和追忆，写出了物是人非之感，今昔对比，似乎是受唐代诗人崔护《题都城南庄》的启发。小词叙事清晰，构思巧妙，如上等香滑巧克力，入口即溶，绵绵情意唇齿留香。

在中国古代，元宵节相当于情人节，宋朝更是放长假五天。

《岁时杂记》云：“自非贫人，家家设灯。”可见欧阳修的“花市灯如昼”

所言非虚。但看那“月上柳梢，人约黄昏”实在不像在人山人海的城里赏灯，倒像是青年男女的幽期密会。上阕至此戛然而止，言有尽而意无穷，如水穷之处坐看云起……只在下阕“不见去年人，泪满春衫袖”中约略可推断出当年甜蜜约会的场景。

月、柳、花灯，繁华并起一如往昔，却再也寻不到去年的佳人，怅然若失犹如一曲人生咏叹调。古人吟咏有关元宵节的诗词很多，佳作迭出，令人目不暇接。这首《生查子》堪称此类诗词中的上品。

浪淘沙

欧阳修

把酒祝东风[①]，且共从容，垂杨紫陌洛城东[②]。总是当时携手处[③]，游遍芳丛。

聚散苦匆匆，此恨无穷。今年花胜去年红。可惜明年花更好，知与谁同？

【注释】

①把酒：端着酒杯。②紫陌：泛指郊野的大路。③总是：大多是，都是。

【赏析】

抚今追昔，时光交错，故地重游，这似乎成了欧阳修词作中的一个基调。这首《浪淘沙》又是一例。

据词作分析，去年此时，把酒问东风，欧阳修和朋友同游洛阳城东，垂柳依依，携手游春，无限从容。可惜，别后重逢再难聚，今年花更红，却不知此番分别何时才能再聚，明年即便花开更艳，也不知该与谁同行赏春，赏春之时不免留下伤春之感。后人赞此词“深情如水，行气如虹”。作为一代文史大家，欧阳修的文与人，似乎兼具这两点特征。

欧阳修少时家贫，母亲以荻画字，教他读书。他天资聪慧，且勤勉好学，一生从不自满，不耻下问，加上胸襟坦荡，终成一代文豪。

在任何一个朝代，最有名气的文人，必定是文章写得最好的那个。所以，在苏轼还没有成名前，欧阳修无疑是文坛泰斗。在苏轼兄弟双双中进士不久，一次偶然的机会，欧阳修读到了苏轼的文章，慧眼识珠，认定苏轼将来必将一代风流，“吾老矣，当放此子出一头地。”此言落地后不胫而走，一时引为文坛佳话。

如欧阳修这等文坛盟主，有很多人都不愿意退居历史二线，于是打压后辈，以便巩固其地位。而欧阳修却从不如此，他曾经和儿子论文章的时候，提到苏东坡，认为三十年后，便无人再提起自己，大有“只知东坡，不知欧阳”的悲凉。可尽管有此先见之明，欧阳修却依然扶持后辈，曾巩、王安石等身为布衣的时候，都曾得到过欧阳修的提携与赞赏。

西江月

司马光

宝髻松松挽就，铅华淡淡妆成①，青烟翠雾罩轻盈，飞絮游丝无定②。

相见争如不见③，有情何似无情。笙歌散后酒初醒，深院月斜人静。

【注释】

①铅华：铅粉。②“青烟翠雾”两句：皆形容珠翠冠的盛饰，指妇女的头饰。③争：怎。

【赏析】

宋代尚文，对于司马光来说，生活在宋朝，不仅拥有独立的精神、无上的荣耀，还很自然地沾染了时代的气息：比如文人指点江山的激越，锐意进取的情怀；当然也还有软香温玉的甜腻。

词的上阕写宴会上遇到的一个舞女，松挽云鬟，薄施粉黛，体态轻盈，如青烟翠雾般袅娜，如柳絮柔丝般旖旎，妩媚动人，风情万种。下阕忽然由写景转到写情，有点“多情却被无情恼”的落寞，长长的相思如碧波荡漾的柔情，剪不断，理还乱。月斜人静，酒后初醒，夜色清凉如水，眷恋、伤感，抑或惆怅，心中五味杂陈，一切景语皆情语，风月无边情意绵绵。

因为刚直不阿的性格，司马光通常会被很多人误认为是一位不懂风月的严肃刻板的人。然而后人从文学里读到的司马光并不是一个怒目金刚式的道学家，他不会永远正襟危坐、高谈阔论，在觥筹交错、酒酣耳热、丝竹乱心之际，这位政坛才子也会写下这片段情思，歌之咏之。

这首词上阕写人下阕写景，看似平淡无奇，实则回味隽永。与宋朝许多浓艳香软的词风不同，《西江月》清新淡雅，风格婉丽，可谓“不着一字，尽得风流”。

桂枝香

王安石

登临送目，正故国晚秋，天气初肃。千里澄江似练，翠峰如簇。征帆去棹残阳里，背西风酒旗斜矗。彩舟云淡，星河鹭起，画图难足[①]。

念往昔，繁华竞逐[②]，叹门外楼头[③]，悲恨相续[④]。千古凭高对此⑤，漫嗟荣辱[⑥]。六朝旧事如流水，但寒烟衰草凝绿。至今商女[⑦]，时时犹唱《后庭》遗曲。

【注释】

①画图难足：用图画也不能完美地表现它。②豪华竞逐：争着过豪华的生活。③门外楼头：指南朝陈亡国惨剧。④悲恨相续：指亡国悲剧连续发生。⑤凭高：登高。⑥漫嗟荣辱：空叹什么荣耀耻辱。这是作者的感叹。⑦商女：歌女。

【赏析】

王安石是北宋著名文学家、政治家，字介甫，晚号半山。他的一生可谓跌宕起伏，是少有的在政治上和文学上都有大手笔的人物之一。他是唐宋八大家之一，一生留下诗词作品更是可观，其中不乏佳作。

登高吊古，词人开门见山以“正故国晚秋，天气初肃”起笔。自古逢秋悲寂寥，而半山先生却以“初肃”二字领起，笔力遒劲，精神抖擞，与刘禹锡的“我言秋日胜春朝”有相似的意境。“澄江似练，翠峰如簇”看似随手拈来，却于锦绣江山之上看出其宏大的视野、开阔的胸襟。

词作下阕忽念往日繁华，六朝古都的风流如此迅速消失，千古江山，万种情愫，都只剩相继的荣辱。最后两句，化用了杜牧的诗句：“商女不知亡国恨，隔江犹唱后庭花。”嗟叹之感，弥新而永固。“千古凭高，对此漫嗟荣辱”，无限的慷慨悲凉，读来令人唏嘘不已。

中国传统文人总是喜欢借景抒情，借登高怀古，借放眼远眺秀美山河，诉壮志难酬。这惆怅之中，有感怀沧海桑田之变迁，有抒发仕途坎坷之愤懑，也有慨叹国家兴衰之忧虑。宦海沉浮、国运起落全都融入自然景色中，万般感慨涌上心头。宋代更是词人佳作频出的时代。或许正如有人所说的那样，宋朝的确是培养真正“精神贵族”的沃土，而王安石便是这沃土中孕育的一颗明珠。

临江仙

晏几道

梦后楼台高锁，酒醒帘幕低垂。去年春恨却来时①。落花人独立，微雨燕双飞。

记得小蘋初见②，两重心字罗衣③。琵琶弦上说相思。当时明月在，曾照彩云归④。

【注释】

①春恨：春日离别的情思。却来：又来。②小蘋：是晏几道朋友家歌女的名字。③心字罗衣：绣有心字图案的丝罗衣裳。④彩云：这里指小蘋。

【赏析】

这首《临江仙》是晏几道久负盛名的佳作，也是婉约词中的绝唱。午夜梦回，烟锁重楼；残梦醒来，见帘幕低垂，不禁悲从中来。去年的闲愁旧恨又纷至沓来，这恼春的情绪已非一时兴起。想起当年初遇美女小蘋的时候，她穿着绣有双重“心”字的罗衫，仿佛也在期待日后的心心相印。娇柔的手指奏出美妙的琵琶乐，“低眉信手续续弹，说尽心中无限事”。明月当空，小蘋如彩云般飘然而归……

晏几道乃宰相晏殊第七子，字叔原，号小山，疏狂磊落，不慕荣利，称得上豪门中的“异数”。他虽生于相府，却视功名利禄如粪土，倒是把姐妹们看得比生命还珍贵。

词作从“楼台酒醒”开始写起，时空交错，由眼前实景写入心中真情，由相思无尽想到前尘旧事；结尾处，虚景中暗藏孤单之意，却无愁凉之叹。朗月当空，顿挫曲折之情油然而生。“落花人独立，微雨燕双飞”虽化用了前人诗句，但与词情十分贴切。

陈廷焯在《白雨斋词话》中称赞这首词：“既闲雅，又沉着，当时更无敌手。”读《临江仙》，人们依然能够感受到小山当年呼之欲出的深情，后世也罕见敌手。

江城子

苏　轼

十年生死两茫茫①，不思量②，自难忘。千里孤坟，无处话凄凉。纵使相逢应不识，尘满面，鬓如霜。

夜来幽梦忽还乡③，小轩窗④，正梳妆。相顾无言，惟有泪千行。料得年年肠断处⑤，明月夜，短松冈⑥。

【注释】

①茫茫：渺茫，不知音信。②思量：思念，想念。③幽梦：梦境隐约，故云“幽梦”。④小轩窗：小室的窗前。轩，只有窗槛的小室。⑤料得：料想。⑥短松冈：种植小松树的山冈，指王氏墓地。

【赏析】

这是诗人为妻子王弗十周年祭日所作。苏轼梦魂相扰，夜半惊醒。他惶惶四顾，王弗对镜梳妆的样子已经随着梦醒被四周的黑暗吞掉，伸手一拭，双鬓已被眼泪浸湿，苏轼难掩心中沉痛，下床题了这首《江城子》。

据史料记载，王弗为人“敏而静”，知书达理，秀外慧中。在与苏轼婚后的生活中，王弗总能在一些生活琐事上从旁点拨，对苏轼给予提醒，无论是待人接物，还是诗词赏析，苏轼都能从王弗那里得到不同的惊喜。相传当年北宋进士王方在四川眉州青神县的岷江河畔与友人相聚，此地有一片青翠俊秀的山峰连绵在云海间，其中一山名为中岩，名声在外。此山中有一汪清泉，泉水清澈见底，而池中的游鱼更是颇具灵性，只要临池拍手，这些鱼儿便如同听到召唤一般纷纷游来。王方见到此景时爱不释手，便命人为这池清泉取名。众人挠头深思时，一少年已经挥毫而就，写下了“唤鱼池”三个大字。笔法遒劲，取义深刻，王方对面前这个少年顿时生出几分赏识。

这个少年便是苏轼。因为年少才俊，苏轼被王方选为乘龙快婿，王方将自己16岁的爱女王弗嫁给了苏轼。才子佳人，珠联璧合，也算得上是一段人间佳话了。苏轼为人豁达，不拘小节，在与客人交往时，常会因无心之失而将人得罪。这时，王弗便凝立屏风之后，将苏轼之过谨记，然后婉言相告，言辞凿凿，令苏轼心悦诚服。王弗的病逝将两个人11年的幸福终结。王弗去世的第四年，苏轼续弦，娶了王弗的堂妹王闰之，也是一个温顺贤良的女子，有着和王弗相似的眉眼。恍惚中，苏轼似乎又能看到曾经的幕幕往事。

卜算子

苏　轼

缺月挂疏桐，漏断人初静①。谁见幽人独往来②，飘渺孤鸿影③。
惊起却回头，有恨无人省④。拣尽寒枝不肯栖，寂寞沙洲冷。

【注释】

①漏：古代盛水滴漏计时的器皿。漏断，漏壶水滴尽了，指时已深夜。②幽人：幽居之人，苏轼自谓。③飘渺：即缥缈，隐约悠远的样子。④省：明白。

【赏析】

这首词是苏轼被贬之后所作，众所周知，苏轼为人刚直，直言不讳，多次得罪当朝权贵，更因为参与“乌台诗案”深受牵连，被贬为黄州团练副使。那一次的政治跌宕是他政治生涯的一个低潮，但也正是现实生活中的不如意，令苏轼有了创作的灵感。他将对现实生活的不满和对未来、理想的期望都写到了诗词中，那段时间是他创作的高潮期。

心有所思，笔有所动，苏轼的这首《卜算子》将他当时所受的不公正待遇和委屈统统诉诸笔下。

仔细品读这首词可以发现，苏轼所表达的这种愤慨并不是慷慨激昂，或是抑郁不能自已，而是一种淡淡的忧愁，这种忧愁徘徊在字里行间。

在苏轼的众多词作中，都可以发现这样一个规律：他不只写离别之情，男女相思，而更多的是放眼社会现实。他将雄浑之风贯穿始终，抑扬顿挫间对词的格局和意境进行了新的诠释，因此，这种悲情词便成了苏轼词作的闪光之处。

苏轼所感伤的并不是靡靡之音，而是在理性的大框架之下，跳脱出自怨自艾这个狭隘范畴，将情愫的基调奠定在深厚的精神基础上。苏轼淡然处之，虽然也有哀伤，但都是适可而止、点到为止，词首不甚着意，却描画出惨淡的背景。

作为一个从小就接受封建正规的儒家教育，立志要报国的士大夫，政治上的接连失意自然会引起苏轼情绪上的不满，但在苏轼发泄不满的词作中，却看不到他的浮躁。他以孤鸿自比，抒郁郁不得之志。

他在词中写道，残月当头，而所能看见的仅仅是头顶寥寥无几的枯叶，在万籁俱寂的时空下，词人感到孤独万分。这就是苏轼词中所营造的感伤情怀，一种“缥缈于天地间”只可意会不可言传的境界。

虽然苏轼心中悲凉，但他却不是顾影自怜的无用书生，在感慨之后，他将笔锋一转：“惊起却回头，有恨无人省。拣尽寒枝不肯栖，寂寞沙洲冷。”一语道出自己的豁达和胸襟。这个世上没有什么事情能令他心灰意冷的，再多的苦难对于苏轼来说都只是浮沉一梦。

念奴娇　赤壁怀古

苏　轼

大江东去，浪淘尽、千古风流人物。故垒西边，人道是，三国周郎赤壁[1]。乱石穿空，惊涛拍岸，卷起千堆雪。江山如画，一时多少豪杰！

遥想公瑾当年[2]，小乔初嫁了[3]，雄姿英发。羽扇纶巾，谈笑间，樯橹灰飞烟灭。故国神游，多情应笑我，早生华发。人生如梦，一尊[4]还酹江月。

【注释】

①周郎：即周瑜。赤壁：赤壁之说不一，实际上三国时期周瑜击败曹操大军的赤壁是在湖北薄圻县西北、长江南岸。②公瑾：周瑜字公瑾。③小乔：周瑜的妻子。④尊：同“樽”。

【赏析】

写这首词时，苏轼正值不惑之年而遭流放，所以，他只能在闲暇之时凄然北望，遥想故人，看似游山玩水，实则是在山水中品咂人生的况味。

词人心中虽然凄惶，却不影响他豁达地看待人生。理想主义者常常是这样的，他能够认清现实，却又不愿意向现实低头，他会用一些安慰之语劝解别人，而自己则在达观之外兀自感叹。

其实，苏轼的词作中有一种固有的情感模式：伤感，感悟，放达。这便是苏轼历经一生磨难而始终没被打垮的秘诀。

苏轼一向都被后人赞誉为豪放派的领军人物。在苏轼的作品中，不论是诗词还是散文，都蕴含着磅礴大气之感，令人读后荡气回肠。苏轼文学造诣颇高，被柏杨盛赞为“中国文学史上最杰出的明星，也是中国文学史上一位十项全能的人”。

满庭芳

秦　观

山抹微云[①]，天连衰草，画角声断谯门[②]。暂停征棹，聊共引离尊[③]。多少蓬莱旧事，空回首，烟霭纷纷[④]。斜阳外，寒鸦万点，流水绕孤村。

销魂。当此际，香囊暗解[⑤]，罗带轻分[⑥]。谩赢得青楼，薄幸名存[⑦]。此去何时见也，襟袖上，空惹啼痕。伤情处，高城望断，灯火已黄昏。

【注释】

①抹：涂抹，染上。②画角：军中用的涂有颜色的号角。③引离尊：在饯别的筵席上连续不断地举杯劝酒。④烟霭：指云雾。⑤香囊：装香料的荷包。古代赠香囊以表示别情。⑥罗带：丝织的带子。⑦薄幸：薄情。

【赏析】

这首《满庭芳》开篇以“山抹微云，天连衰草”起笔，犹如一副精致工整的对联，既勾勒出天光云影的情致，也显示出作者心灵的秀巧。上联一个“抹”字，说得粉嫩、轻巧，如登台“献技”，总需对镜梳妆一番。下联一个“连”字，有“黏合”之意，却不需黏合那样用力，只微微地搭着，便对接得恰到好处。

在这样虚幻迷离的景致里，“多少蓬莱旧事，空回首，烟霭纷纷”，回望前尘，往事如烟，如烟霭纷纷，恰如开篇一抹微云，前后呼应成趣。而“斜阳外，寒鸦数点，流水绕孤村”三句更是写尽人间惆怅事，画尽人间无限情。斜阳、寒鸦、孤村，每一个词都看似闲笔，可读起来却满纸薄凉。

下阕忽然转入“销魂”，遥想定情之日，罗带轻解，香囊相赠，何等情深意重。不料想，如今却留下薄情郎的名声。此去一别，不知何时才能相见，襟袖上，只留下情人的点点泪痕。最后三句，写得尤为悲凉。回头远望，一灯如豆，漫入无边的黄昏。“伤情处”，意境全出，任是无情也动人。

这首佳作历来被人所赞赏，苏轼戏称，“露花倒影柳屯田，山抹微云秦学士”，说的正是秦观。

鹊桥仙

秦　观

纤云弄巧①，飞星传恨，银汉迢迢暗渡②。金风玉露一相逢③，便胜却人间无数。

柔情似水，佳期如梦，忍顾鹊桥归路④。两情若是久长时，又岂在朝朝暮暮。

【注释】

①纤云弄巧：是说纤薄的云彩，变化多端，呈现出许多细巧的花样。②银汉：银河。传说每年七夕牛郎织女渡河相会。③金风：秋风，秋天在五行中属金。玉露：秋露。金风玉露，喻指秋天，这句是说他们七夕相会。④忍顾：怎么忍心回顾。

【赏析】

秦观的这首《鹊桥仙》写的是中国一个传统而又美好的节日“七夕”。词作开篇点题，写出了漫天彩云都是织女的巧手所织，可惜如此聪颖的人却不能和心爱的人长相厮守。“盈盈一水间，脉脉不得语”，银汉迢迢，若远若近，满腹深情暗渡。金风玉露，久别的情侣相会，胜过人间无数次的相聚！可惜，假期太短，倏忽间，温柔和缠绵还未褪尽，那条相逢的鹊桥便要成为织女的归途。不忍离去，却不得不回顾，只有一句“岂在朝朝暮暮”。

这首小词，看似写的是天上牛郎与织女，实写人间悲欢离合；欢乐中有离别的苦楚，相聚后有彼此的期待与鼓舞。“相见时难别亦难”乃人之常情，自古一理。

有人说，这是少游写给某个青楼女子的情诗，“两情若是久长时，又岂在朝朝暮暮”完全是一种托词，是对青楼女子的一种安慰。不论他是写给谁，这种对爱情的坚贞和笃信都值得推崇。

浣溪沙

秦　观

漠漠轻寒上小楼。晓阴无赖似穷秋①。淡烟流水画屏幽。

自在飞花轻似梦，无边丝雨细如愁。宝帘闲挂小银钩。

【注释】

①无赖：令人讨厌，无可奈何的憎语。穷秋：深秋。

【赏析】

有人说《满庭芳》是秦观长调之冠，而《浣溪沙》则是小令的压卷之作。它起笔轻柔，通篇飘着淡淡的哀怨和闲愁，如清歌荡漾，悠然而至。闲情雅致中一派轻盈、恬淡。

秦观是著名的“苏门四学士”之一，因生性豪爽，洒脱不羁，才情纵横，颇得苏轼赏识。秦学士才华横溢且温柔多情，写得一手好词，所以，关于他的“绯闻”自然也遍地流传。其中，当属和苏小妹的传闻最为活灵活现。

苏小妹为苏东坡的妹妹，自然也是饱读诗书的才女，秦观年轻有为，自然也想一睹芳容。于是装扮成道士，前去打探。见到苏小妹后，发现虽不算妖娆，但气质清幽，全无半点俗韵。一时兴起，和苏小妹隔空对诗。他们语言交锋之际，爱情火花四溅，对彼此的才能也算了然于心。秦观登科后，方才与苏小妹完婚，成就一段才子佳人的传奇。

然而，传奇虽然奇妙，却始终当不得真。历史上到底有没有苏小妹这个人尚无定论。但是，从秦观的词作来看，大抵是没有的；即便有，苏小妹嫁的肯定也不是少游。

第七篇

元曲，触及心灵的浅吟低唱

小桃红　江岸水灯

盍西村

万家灯火闹春桥，十里光相照，舞凤翔鸾势绝妙①。可怜宵②，波间涌出蓬莱岛。香烟乱飘③，笙歌喧闹，飞上玉楼腰④。

【注释】

①舞凤翔鸾：凤形和鸾形的花灯在飞舞盘旋。鸾，凤凰一类的鸟。②可怜：可爱。③香烟：灯火，焰火。④玉楼：华丽的高楼。

【赏析】

这一曲《小桃红》写的是元宵灯节时的情景。作者盍西村仅有17首散曲流传后世，其中有8首都是在江西临川郡游历时即景抒情之作。这首写的正是“临川八景”之一的“江岸水灯”。

当时正赶上元宵灯节，独挑一盏金鱼灯的作者在街上走来走去。因宦游在外，他没有亲人朋友陪伴，只好独自欣赏万家灯火、华丽的节日盛况，在他人的热闹中寻找温暖，以慰藉自己孤独的心灵。十里灯辉舞动闪烁，在夜空中勾勒出诸多幻影，如同凤凰飞舞、鸾鸟翱翔，美轮美奂。江水掩映着光辉潺潺流动，水上花灯时隐时现，不时有游船过往，传来好听的歌声，让他以为自己到了蓬莱仙境。烟雾缭绕、笙歌震天，整个临川化作了琼楼玉宇，于祥云之中展露风姿。从曲子中可见，作者此时的内心充满了欢畅。

每年的农历正月十五是春节之后第一个重要的节日，又称“上元节”。南宋吴自牧在《梦粱录》讲：“正月十五日元夕节，乃上元天官赐福之辰。”也就是这一天乃天官赐福、地官赦罪的大好吉日。不仅如此，张灯三日亦是传下千年的习俗，历朝历代各地各县都把张灯观灯作为一大盛事。《东京梦华录》中记载：每逢灯节，开封御街上，万盏彩灯垒成灯山，花灯焰火，金碧相射，锦绣交辉。京都少女载歌载舞，万众围观。十里长街，万人空巷，酒肆茶坊无不热闹非凡，百里灯火不绝。

盍西村是钟嗣成《录鬼簿》中名不见经传的一个人物，但钟氏仍把他列为“学士”之一，可见此人的文化底蕴值得后人称道。根据盍西村这首曲子所描写的情景，元宵节在元代其盛况依然不减当年。作者在曲子中勾勒了一个繁华热闹的上元佳节盛况。

喜春来

伯　颜[①]

金鱼玉带罗阑扣[②]，皂盖朱幡列五侯[③]，山河判断在俺笔尖头。得意秋，分破帝王忧[④]。

【注释】

①伯颜：蒙古族人。②金鱼：一种象征官阶的配饰。罗阑：丝罗做的官服。③皂盖朱幡：指高官出行时的仪仗。④分破：减少。

【赏析】

1273 年，忽必烈汗任命伯颜为伐宋军最高统帅，与左丞张弘范兵分两路攻打南宋。陆秀夫与宋朝的小皇帝跳海，宣告以伯颜为首的蒙古南伐军大获全胜。甩鞭下马，伯颜大踏步走进了位于临安的南宋皇宫，两侧铁甲兵以整齐的步伐跟在他的后面，轰鸣的脚步声响彻殿霄，盔甲明晃晃的光泽为瓦片染上了一层雪色。蒙古人当时的意气风发，怎能用言语来形容。当晚，伯颜便命人大摆宴席，与张弘范举杯同庆。

酒过三巡，兴致所至，伯颜忍不住唱了起来。这曲《喜春来》充溢着他的人生得意：腰缠玉带，并悬金鱼配饰，出入身穿紫气东来袍，乘的是一品大臣的黑盖红幡车，笔尖所写的是主宰大好河山未来去向的文书，谈吐运筹帷幄，行走迅疾如风，生平不做他事，专为帝王解忧。此等业绩，伯颜当然有理由大谈特谈。

伯颜生于西亚蒙古四帝国之一的伊儿汗国，是蒙古巴邻氏后裔，他的祖父阿拉黑、祖叔父纳牙阿都是成吉思汗的开国元勋，他的父亲晓古台和他本人臣属成吉思汗幼子托雷家族。想当年托雷做监国时期，就注定了伯颜的家族在元帝国中的不平凡。一次偶然的机会，伯颜入朝给忽必烈奏事，结果忽必烈一眼就看出他以后必成大器，将其留在身边。不久，伯颜便先后升为中书左丞相、中节右丞、知枢密院事，专司主持伐宋的军政要事。

“得意秋，分破帝王忧”，得意之际，绝不能忘了自己身兼护国的重任。伯颜灭宋之际，始终都在想方设法为元王朝拉拢人才。当初元兵俘虏宋朝明臣文天祥，伯颜是蒙古将领中唯一主张力劝文氏投降的人。文天祥乃治世之才，如果忽必烈能得到此人相助，相信蒙古江山会更加稳固。此时的伯颜不但有眼光，而且能做到不忌才，在元人当中难能可贵。不仅如此，他在劝文天祥时，被后者骂得狗血淋头，却毫无怒色，这份胸襟与他在曲子中所展露出的气度如出一辙。

黑漆弩　游金山寺

王　恽[①]

苍波万顷孤岑矗[②]，是一片水面上天竺[③]。金鳌头满咽三杯，吸尽江山浓绿。

蛟龙虑恐下燃犀，风起浪翻如屋。任夕阳归棹纵横[④]，待赏我平生不足。

【注释】

①王恽：字仲谋，号秋涧，卫州路（今河南）人。元朝著名学者、诗人、政治家，是元世祖忽必烈、裕宗皇太子真金和成宗皇帝铁木真三代的谏臣。②岑：小而高的山。③上天竺：上天竺寺（位于杭州灵隐山上）。④棹（zhào）：船桨，这里代指船。

【赏析】

此曲是王恽到金山一地所写，前曲是站在金山上描写江水，后曲则是乘船后对沧浪的感叹。

金山是江苏镇江西部的一个小岛，位于长江边上，金山寺自然就在此处。说起这个寺庙，让人立刻想到白娘子“水漫金山”的故事。王恽来到此处，目的是为了游金山寺。但他的曲中几乎没有关于寺庙的描写，也没提到白、许的故事，而是立于小山之上，望万顷碧波，看天高水远，想象自己置身于天竺圣地。

登临高处，人的胸襟会不由得变得旷达，曹操观沧海、苏轼看赤壁，皆是胸涌豪情。王恽自然也想如古人一样，做“一尊还酹江月”的洒脱之事。不过他没有用酒水便宜了江水，而是痛饮数杯，恨不得自己有神鳖的海量，将江山绿川连同酒水一起“吸尽”。吞八荒并六合的气势，自古便是人们最向往的，王恽被风物所撼，豪情自然就扼不住了。黑碣尖翘，水浪滔天，如同被蛟龙翻搅。王恽在后曲的开篇用了“蛟龙恐燃犀”的典故。据《晋书·温峤传》记载，温峤到长江西北的采石矶，听说矶下的水深不可测，有蛟龙等怪物，于是点燃犀角观察，果然看到了类似蛟龙的怪物。那怪物怕燃烧的犀角，吓得翻腾不已，搅起了倾天大浪。王恽看着眼前翻腾的沧浪，禁不住想起了这个典故，游兴更盛。

轰鸣的大浪让许多船调转离去，作者却执意乘船迎浪直上。他的目的当然不是为了冒险，而是游乐的情绪蓬勃不已，不肯回头。

作者一生为官之作为，大多都能得到皇帝的支持，官路可谓一路亨通。他终年 78 岁，到死都受到元王室的尊重。也许这也是作者所写的词曲抛却了景、人的因素，总有豪情万丈的原因吧。

折桂令　长沙怀古

卢　挚

朝瀛洲暮舣湖滨[①]，向衡麓寻诗[②]，湘水寻春，泽国纫兰，汀州搴若，谁与招魂？空目断苍梧暮云，黯黄陵宝瑟凝尘，世态纷纷，千古长沙，几度词臣。

【注释】

①舣：船靠岸边。②麓：山脚。

【赏析】

卢挚的一生可以说是一个悲剧，元世祖至元五年（1268），经过几轮的筛选，卢挚荣登进士榜单前列，不久之后当上翰林院集贤学士。卢挚做集贤学士没多久，就因得罪人而遭谗，被贬谪到湖南，路经长沙偶感风物，写下了这曲《折桂令》。

早晨还在朝中办事，晚上却已被放逐到遥远的南方。朝夕不过几个时辰，境遇却是天壤之别。古人把天子脚下比作“瀛洲”，卢挚借“瀛洲”与“湖滨”对比，来说自己遭到朝廷的放逐。

曲中第一句交代自己的遭遇，接下来便写他在湖南的见闻：徜徉在衡山之麓，漫步于湘水之滨，鼻尖嗅到的是岸芷汀兰散发的幽香，眼前是漫天芳草，令人想起了以秋兰为佩的屈原和在江边追忆屈原的宋玉。哎，像宋氏一样肯为屈原招魂的有几人呢？千年时光匆匆而逝，他来到了湘水之滨，举目遥望远处苍梧山与黄陵庙，不禁想到了舜帝和他的两个妃子，思古之情油然而生。

“空目断苍梧暮云，黯黄陵宝瑟凝尘”两句，所指的便是舜帝与娥皇、女英的故事。司马迁在《史记·五帝本纪》里曾讲到，舜到南方巡狩，死于苍梧山下，便葬在此处。《水经注》中记载，娥皇、女英对舜帝忠贞不贰，舜帝死后，她们纷纷溺毙于湘水殉情。人们为了纪念二女而在洞庭湖畔修了黄陵庙。卢挚用这两句话来描写暮霭覆盖的苍梧山和黄陵庙，并对尘土掩埋的二妃抒发自己的哀伤和追悼之意。

作者在江南待了数年之久，以《蟾宫曲》为曲牌写了十余首怀古曲，名义上感叹千秋万世，其实是倾倒一肚子的苦水。卢挚思屈原、宋玉，思舜帝、二妃，皆是有缘由的。长沙湘水畔，多少年来留下了无数骚客的遗憾。卢挚也怕在这里度过余生，再难回到帝王身边施展长策。为忠臣者最怕遭冷弃，他的伤情在曲中不言而喻。

一枝花　不伏老

关汉卿

【梁州】我是个普天下郎君领袖，盖世界浪子班头。愿朱颜不改常依旧[①]，花中消遣，酒内忘忧。分茶颠竹[②]，打马藏阄，通五音六律滑熟，甚闲愁到我心头？伴的是银筝女[③]，银台前、理银筝、笑倚银屏；伴的是玉天仙，携玉手、并玉肩、同登玉楼；伴的是金钗容，歌金缕、捧金樽、满泛金瓯。

你道我老也，暂休。占排场风月功名首，更玲珑又剔透，我是个锦阵花营都帅头，曾玩府游州。

【隔尾】子弟每是个茅草岗、沙土窝、初生的兔羔儿，乍向围场上走；我是个经笼罩，受索网、苍翎毛老野鸡[4]，踏踏得阵马儿熟。经了些窝弓冷箭镴枪头，不曾落人后，恰不道人到中年万事休，我怎肯虚度了春秋。

【尾】我是个蒸不烂、煮不熟、槌不匾、炒不爆、响当当一粒铜豌豆；恁子弟每谁教你钻入他锄不断、斫不下、解不开、顿不脱、慢腾腾千层锦套头。我玩的是梁园月，饮的是东京酒，赏的是洛阳花，攀的是章台柳。我也会围棋、会蹴鞠、会打围、会插科、会歌舞、会吹弹、会燕作、会吟诗、会双陆。你便是落了我牙，歪了我嘴，瘸了我腿，折了我手，天赐与我这几般儿歹症候，尚兀自不肯休。则除是阎王亲自唤，神鬼自来勾，三魂归地府，七魄丧冥幽，天哪，那其间才不向烟花路儿上走。

【注释】

①朱颜：红颜美色。②分茶颠竹：品茶、画竹。③银筝女：妓女。④翎毛：羽毛。

【赏析】

关汉卿此曲可谓字字珠玑，精彩异常，逐字逐句都是关汉卿个性的体现。在“梁州”的第一句中，关汉卿便自夸“普天下郎君领袖，盖世界浪子班头”。历史上敢于吹嘘自己是俏郎君，而且事事皆会的，除了汉代的东方朔，恐怕也只有关汉卿如此“大言不惭”了。然而，当时的文坛中人很多都说关汉卿的确风流倜傥、博学多才，无论吟诗、吹箫、弹琴、舞蹈、下棋、打猎等，无一不精。

据史书上载，关汉卿生活在公元1300年前后。他与马致远、王实甫、白朴并称为“元杂剧四大家”。关汉卿原本家学从医，曾在皇家医院任职，给皇上、娘娘们诊过脉、熬过药。他天生聪颖，学任何事情都一点就透，可偏偏对医学提不起兴趣，反而爱上了写剧本，天天在外游荡。

生活经历的扑朔迷离，并没有令关汉卿本人的性格变得难以揣测，相反，他个性十足，而且在当时的文坛上别树一帜，这在他的套曲《一枝花》里可以明显地看出。

在这首套曲中，最精彩的部分要数“尾”曲的前两句，关汉卿自称是“铜豌豆”“千层锦套头”，言下之意自己又硬又韧，谁也管不了，谁也劝不了，个性十足。他身在勾栏，周边美女如云，却并不爱人间情事、风花雪月。他只爱吹拉弹唱，处处留才。他希望人们通过他的笔和戏，看看这世界疯狂到什么程度。如果有人要逼迫他闭嘴，就算打断他的腿脚、打歪他的嘴巴、毁他的容，只要还有表达的意识，他也绝对不会屈服。除非是“阎王亲自唤，神鬼自来勾，三魂归地府，七魄丧冥幽”，他才能闭上自己的嘴。

元末剧作家贾仲明说关汉卿是“驱梨园领袖，总编修师首，捻杂剧班头”。此话可以说是对关汉卿最大的赞赏。国学大师王国维在讲到关汉卿的剧曲时说：“关汉卿一空倚傍，自铸伟词，而其言曲尽人情，字字本色，故当为元人第一。”

感天动地窦娥冤（节选）

关汉卿

【正宫·端正好】没来由犯王法，不提防遭刑宪，叫声屈动地惊天。顷刻间游魂先赴森罗殿，怎不将天地也生埋怨。

【滚绣球】有日月朝暮悬，有鬼神掌着生死权。天地也只合把清浊分辨，可怎生糊突了盗跖颜渊①：为善的受贫穷更命短，造恶的享富贵又寿延。天地也，做得个怕硬欺软，却元来也这般顺水推船。地也，你不分好歹何为地。天也，你错勘贤愚枉做天②！哎，只落得两泪涟涟。

【注释】

①盗跖：春秋时强盗，名跖。颜渊：孔子弟子，指贤人。②错勘：错误判断。勘，核对。

【赏析】

这里撷取的是《窦娥冤》中流传数百年的最经典的两段曲目。《窦娥冤》的故事背景是元代的淮安。来自山阴的书生窦天章因为无力偿还蔡婆的高利贷，只好把 7 岁的女儿窦娥抵给蔡婆当童养媳，自己则赴京求取功名，希望有朝一日出人头地。窦娥长大后成了蔡婆的儿媳，怎知道丈夫不到两年就死了，剩下她和蔡婆相依为命。不久，蔡婆向当地的赛卢医要债，赛卢医心生歹念，把蔡婆骗到郊外打算谋害，正巧被流氓张驴儿父子撞见，吓得赛卢医慌忙逃跑。

张驴儿父子本就不是正经人，知晓蔡婆有钱，窦娥又漂亮，便起了贪欲，要求蔡婆报答他们的救命之恩，迫使她和窦娥招他们父子俩入赘。蔡婆自知被侮辱了，但却不敢做声，反倒是窦娥闻讯坚决反抗。所谓好女不侍二夫，更何况对方还是个流氓，窦娥无论如何也不肯答应婚事。可是，张驴儿贼心不死，趁着蔡婆有病，送上混着毒药的羊肚儿汤给她喝，打算毒死她，就此抢占窦娥。哪知道他的梦做得美，却不料蔡婆闻汤后感到恶心，给了张驴儿的爹喝，结果一碗“索命汤”要了张驴儿老子的命。

世人讲，善有善报，恶有恶报。张驴儿害人不浅，反而害了自己的爹，本应该吸取教训。但他反而调转过来诬陷窦娥毒死自己的爹。官府的大老爷不明事理，不分青红皂白地对窦娥严刑逼供，窦娥终于被屈打成招，遂被判了死刑。

窦娥深知通过官吏公正判决来为自己平冤已是泡影，于是举头发下重誓：如果是被冤枉的，头颅被砍下之后，鲜血必然一滴不剩地溅在飘飞的八尺素练上；六月飞雪将掩埋她的尸身；淮安一带必大旱三年。窦娥的诅咒后来果然一一应验，百姓们皆知窦娥确实是被冤枉而死。

窦娥惨死之后，人间终遭报应，但关汉卿并没有就此煞笔。他不但要通过上天为窦娥鸣冤，还要在人世当中还窦娥一个清白。窦娥的魂魄找到在京城里当上官员的父亲窦天章诉冤，窦天章遂千里迢迢回乡为女查案，终于把张驴儿千刀万剐，以命抵命，窦娥的冤屈得以昭雪。

关汉卿借窦娥的身世控诉当时社会的不公，元文人大多写着四平八稳的文章，视野却越发变得狭窄，社会也变得萎靡不振。世态之颓气，并不是关汉卿能一扫而罢的，他自己很清楚；但他仍要用窦娥的魂灵，来惊动愚昧的现实世界，一扫世态的颓气。窦娥的精神正是关汉卿的写照。

庆东原

白　朴

忘忧草[①]，含笑花[②]，劝君闻早冠宜挂[③]。那里也能言陆贾[④]？那里也良谋子牙[⑤]？那里也豪气张华[⑥]？千古是非心，一夕渔樵话[⑦]。

【注释】

①忘忧草：萱草，一作紫萱，食用后有如醉酒之态，故得名“忘忧”。②含笑花：花名，属木兰科，初夏开花，因开时常不满而宛如含笑之状，故得名“含笑”。③闻早：趁早。冠宜挂：宜辞官。④陆贾：汉高祖之谋臣，能言善辩。⑤子牙：姜太公，名姜尚，字子牙。⑥张华：西晋文学家，字茂先，曾劝谏晋武帝伐吴。⑦渔樵话：渔人樵夫所说的闲话。

【赏析】

《庆东原》一曲，是杂剧大家白朴的信手拈来之作，他曲中的主人公浅笑晏晏，将忘忧、含笑二草带在身边，告别悲伤的苦难。文辞看似浅显，实则意境深远。

人世的各种动荡，令诸多世人想抛却各种烦恼，消除自己苦难的记忆。曲中抱着忘忧、含笑草的人，是众生的化身，同时也是白朴自身的写照。他想借两种植株背后的内涵来奉劝世人，把功名利禄都抛却，因为它们到头来不过是一场空。

旧时人们把忘忧草叫作紫萱，认为吃了之后可以忘却一切凡尘俗事，故有其名；南方人把含笑花作为百花之首，四时皆开，奇香无比，妖娆娇俏。其实，忘忧草不过是黄花小菜，含笑花也不过是茉莉而已。然而，它们被想象力极丰富的先人赐予古色古香、文气十足的别名，化作诗词歌赋里的托物，以言作者志向。白朴在他的《庆东原》开篇，同样借用二草来抒发他的真情。

作者甚是怕自己的奉劝不能打动人们追逐名利的心，便以许多因求名而变得不幸的古人来作证。他举了汉代能言善辩的陆贾、西周足智多谋的姜子牙、文韬武略的东晋大臣张华，这些大名鼎鼎的古人都遭遇被放逐远方的命运，是非功过不被帝王记着，反而成了渔樵茶余饭后的谈资。古人尚且如此，更别说我辈闲中人了。

作者的感叹不无道理。元王朝朝政黑暗，让身在官场的人心灰意冷，过去那些直到功成才打算身退的人，大多数没有好下场，非死即伤，因此何必留恋官场？不如看开，不想是非功名。《庆东原》中的寥寥几语，言辞看似轻松洒脱，事实上并不轻松。

墙头马上（节选）

白　朴

【寄生草】柳暗青烟密，花残红雨飞。这人人和柳浑相类[1]，花心吹得人心碎[2]，柳眉不转蛾眉系。为甚西园陡恁景狼藉[3]？正是东君不管人憔悴[4]！

【醉春风】则兀那墙头马上引起欢娱，怎想有这场苦、苦。都则道百媚千娇，送的人四分五落，两头三绪。

【注释】

①人人：心上人。②花心：人心。③恁：那样。④东君：传说中的春神，这里即指春风。

【赏析】

《墙头马上》是白朴戏曲的最得意之作，倾注了他的很多感情。剧中的主人公李千金是洛阳官宦人家的小姐，刚过二八年华，小女儿的心事便由原来的红妆刺绣及玩耍转变为考虑嫁人的问题。剧情是从李千金在某日趴于墙头向外张望开始写起。

“寄生草”是写李千金所住的园内情景：“柳暗青烟密，花残红雨飞。”在李千金眼中，园内景物残破，徒惹佳人不快。实则是佳人不快，才看不惯园内的风光。就在百无聊赖的时候，她突然见到一个俊美至极的书生骑马经过。两人四目相对，风拂过，掀起二人的发丝，勾勒出他们清晰的轮廓，那一瞬间，他们彼此均感如沐春风。千金脸上一红，急忙从梯子上下来，躲在墙后。

骑马的书生并不是普通人家的子女，而是工部尚书裴行俭的儿子裴少俊，但千金并不知晓。裴少俊当时年过18岁，墙头惊鸿一瞥，觉得千金貌若天仙，一时间心潮涌动，文思泉涌，便写了首诗，抛进了李家的墙内。躲在墙后的千金拾起诗来看了看，微笑着回赠一首抛出去。

后来李千金的乳母发现二人偷偷恋爱，可怜他们爱得辛苦，便帮他们两个私奔。裴少俊遂把李千金偷偷带回家藏在后院，整整7年，裴家人都没有发现李千金的存在。在这7年当中，李千金还为裴少俊生了两个孩子：儿子端端6岁，女儿重阳4岁。天不从人愿，端端和重阳在玩耍的时候被工部尚书裴行俭发现了，后者几番追问裴少俊，才知道他竟然早已暗结连理，便大骂李千金不知礼数，迫使裴少俊休了她。李千金据理力争，但裴少俊却拗不过父亲的威逼而休了她。

“醉春风”便是当时李千金痛苦的心声。李千金无奈之下唯有回到洛阳，却发现父母双亡，一时间悔恨不已。心念着“家万里梦蝴蝶，月三更闻杜宇”，想当初只顾着恋爱，可7年下来却落得被休的下场，父母又双双亡故，人生还有什么希望？万念俱灰之下，她去了父母的坟前守孝，寻个清净。

时光匆匆流逝，大半年过去了，裴少俊中了进士，担任洛阳令一职，将父母接到洛阳，打算与千金再续前缘。李千金早就断了复婚的念头，而且她痛恨裴少俊就那样休了自己，缘分已被隔断，还有什么可续？于是死活不肯答应复婚。裴行俭这时知道了李千金竟然是自己的旧交李世杰之女，便主动跑去跟她道歉，希望她再做自己的儿媳妇。李千金被求得心烦，又看到自己的儿女抱着她的大腿不肯松开，无奈之下只好原谅了裴少俊。

一个墙头、一匹高头马，成就了这段姻缘，所以白朴为李千金与裴少俊的故事起了《墙头马上》的名字，以言表对墙头、马背等“媒人”的感激。

天净沙　春夏秋冬

白　朴

一

春山暖日和风，阑干楼阁帘栊[①]，杨柳秋千院中。啼莺舞燕，小桥流水飞红[②]。

二

云收雨过波添，楼高水冷瓜甜，绿树阴垂画檐。纱厨藤簟[3]，玉人罗扇轻缣。

三

孤村落日残霞，轻烟老树寒鸦，一点飞鸿影下。青山绿水，白草红叶黄花。

四

一声画角谯门[4]，半庭新月黄昏，雪里山前水滨。竹篱茅舍，淡烟衰草孤村。

【注释】

①帘栊：即窗帘。②飞红：落花。③簟：藤席。④谯门：建有望楼的城门。

【赏析】

这四首《天净沙》，写的是春夏秋冬四个季节的景致。第一首大意是说春日的山水、风雨、花草、楼阁、亭台，无不是文人最容易注意到的地方。大地回春时，院内暖风拂过，柳枝摇曳，秋千微荡，小桥流水，落红旋舞，莺啼燕叫，引人相思。所谓思春，大概就是这些景物惹得人心发痒，无法按捺于室。白朴以《天净沙》作了8首小令，春、夏、秋、冬各2首，借四时的风光，来反映他一生的经历和心境起伏。上面这4首春夏秋冬曲，即是从8首小令里撷选出来的。

白朴幼年饱经战乱，回归家园后，与父亲重逢，又新婚不久，心中满是温情，所以春曲充满了温馨畅快的意味，而没有惆怅沧桑之感。

第二首为夏令，虽然韵调和含义不及春、秋两曲，但满是甜蜜。云雨收罢，楼高气爽，绿树殷殷，垂于廊道屋檐，微微颤动，极尽可爱。透过薄如蝉翼的窗纱，隐约见到一个身着罗纱、手持香扇的女子躺在摇椅上，扇子缓缓扇动，女子闭目假寐，享受夏日屋内的阴凉，那模样美得令人心动。在这首小令中，白朴并没有交代那女子是谁，但以他和妻子多年痴恋的经历来看，此女最有可能是他的妻子。白朴爱妻甚深，妻子的一颦一笑、一举一动，都是他乐见喜闻的，而且在他的记忆中是那样清晰。夏日妻子乘凉的情景，一直都是他脑海中最美的画面。

在秋令当中，落霞中的村落不是热闹而是荒僻。轻烟袅袅，老树昏鸦，一点飞鸿成了夕阳中苍凉的魅影，更加勾起说不清的愁。明明还是青山绿水，却早已叶红草白，不是金黄的喜悦，而是不能回家的恨。这样的情景令人忆起马致远的《秋思》，一幕倾颓的画面从天而降，面对如此萧瑟之景，怎能不悲从中来、撕心裂肺？

最后一首写冬日黄昏日落，山坡上是皑皑的白雪，凉月照亮了半个庭院，眼前流淌过一条清冷的湾流，城门上所挂的警戒号角在冷风中微微晃动颤抖，碰撞到石墙后发出微弱的响动，越发显出冬日的冷清。竹篱茅舍变得枯黄，没有鸟儿肯在这里栖息，瑟瑟的寒意在静静流动，万籁俱寂。

白朴始终充满对现世的同情，对自己的怜惜。他所写的小令、杂剧，内涵只有一个：怜悯一切值得他怜悯的人，李千金、裴少俊、唐明皇、杨贵妃，还有那些香闺中的思妇、街头艺人、江上孤翁。

这四曲《天净沙》正是他的自怜之作。然而，白朴虽有落叶飘零之苦，有魂牵梦萦之痛，却没有半分怀才不遇之感，这恰是他的脱俗之处。

梧桐雨（节选）

白　朴

【滚绣球】长生殿那一宵，转回廊，说誓约，不合对梧桐并肩斜靠，尽言词絮絮叨叨。沉香亭那一朝，按霓裳，舞六幺[①]，红牙箸击成腔调，乱宫商闹闹炒炒。是兀那当时欢会栽排下，今日凄凉厮辏着，暗地量度。

【三煞】润蒙蒙杨柳雨，凄凄院宇侵帘幕。细丝丝梅子雨，装点江干满楼阁[②]。杏花雨红湿阑干，梨花雨玉容寂寞。荷花雨翠盖翩翩，豆花雨绿叶潇条。都不似你惊魂破梦，助恨添愁，彻夜连宵。莫不是水仙弄娇，蘸杨柳洒风飘？

……

【黄钟煞】顺西风低把纱窗哨，送寒气频将绣户敲。莫不是天故半人愁闷搅？前度铃声响栈道。似花奴羯鼓调，如伯牙《水仙操》。洗黄花润篱落，渍苍苔倒墙角。渲湖山漱石窍，浸枯荷溢池沼。沾残蝶粉渐消，洒流萤焰不着。绿窗前促织叫，声相近雁影高。催邻砧处处捣，助新凉分外早。斟量来这一宵，雨和人紧厮熬。伴铜壶点点敲，雨更多泪不少。雨湿寒梢，泪染龙袍。不肯相饶。共隔着一树梧桐直滴到晓。

【注释】

①六幺：唐代著名曲子。②江干：江边。

【赏析】

这段唱腔讲的是唐明皇马嵬坡杀死杨国忠、逼杨玉环自缢之后回宫时的情景。安史之乱渐渐平定，回到长安的玄宗不问世事，退居西宫颐养天年。可是痛失挚爱，他如同丧失了魂魄，而爱情沦丧之后他的权力又被架空，爱情与事业皆无好结果的玄宗凄凉不已。面对着西宫内杨玉环的画像，他更加心痛欲死。

“滚绣球”“三煞”“黄钟煞”三段均是描写唐玄宗当时的心情。

他回想在长生殿的那晚，与杨玉环并肩坐在长廊上，对着在夜风中簌簌作响的梧桐，誓言生生世世不分离。还有在沉香亭的那天，玉环跳着绝美的舞蹈，他唱歌，她舞袖，彼此眉目传情，好不快活。这些好像都发生在昨日一样，一转眼物是人非事事休，只剩下自己对着凄迷细雨、冷冷殿阁，看百花落尽、绿叶萧条。

夜里西风寒气逼人，在窗棂间滑过时发出奇怪的声响，仿佛是西蜀栈道上的马铃声、渔阳鼙鼓的惊魂声，令玄宗冷汗淋漓。败落的花叶、月下阴影重重的山石、枯静的荷塘与翅沾湿露的蝴蝶，看上去死一般的寂静，然而他又看到昏黄的灯火在闪烁，耳边听到了虫燕喧闹泣鸣和恼人的捣衣声。玄宗弄不清自己究竟听到或看到什么，只因他心乱如麻、彷徨无措，有声也是无声，无情也是有情。这一夜梧桐雨，沾湿了周遭的事物，而他的泪早已打湿龙袍。

作者将玄宗放进了梦幻凄清的西宫，让他游离其内无法超脱。此举略显残忍，然而却可真实地反映出玄宗的情谊。

白朴一生在情感上饱经伤痛，这令他能深切体会两人的苦痛，所以他对唐明皇与杨贵妃不免生出同情。

凭阑人　寄征衣

姚　燧

欲寄君衣君不还[1]，不寄君衣君又寒。寄与不寄间，妾身千万难[2]。

【注释】

①衣：即征衣，寄给游者的衣物。②妾：旧时妇女自称。

【赏析】

姚燧对仕途唾弃，对黎民百姓的苦难生涯却饱含同情，一次，在游宦江南时，姚燧在路边遇到一个妇人。那妇人差人将做好的衣物送去给前线的丈夫，旋即又把衣服要了回来，如此翻来覆去，行为古怪。在他的询问之下，妇人才哭哭啼啼地说，她寄衣服给夫君，是怕夫君在边疆受冻，可是她又怕对方已经回程了，衣服寄不到，因此心思矛盾。姚燧闻言黯然垂泪，回到寄居的府中，提笔写下了这曲《凭阑人·寄征衣》。

作者模拟了女子的微妙心思，在寄与不寄之间，女人心里充满挣扎的痛苦。她每一次踌躇，每一次反复，对亲人的思念就多了一重。千百重压下来，叫她难以透过气来。

姚燧的诗词曲赋，总是能用简单、纯粹、真挚的语言来彰显最残酷的现实。这曲《凭阑人·寄征衣》，虽无华丽的描写，却是元散曲写实作品中的魁首，其奥妙在于极易上口，而后韵无穷，话虽短少，重见字数达 13 处，然意境已经到了极其深远的境界。

满庭芳

姚　燧

天风海涛，昔人曾此，酒圣诗豪[1]。我到此闲登眺，日远天高。山接水茫茫渺渺[2]，水连天隐隐迢迢[3]。供吟啸，功名事了，不待老僧招。

【注释】

①酒圣：酒中之圣，这里指“竹林七贤”之一刘伶。诗豪：诗中英豪，指刘禹锡。②茫茫渺渺：形容山水相连、浩渺无边的样子。③隐隐迢迢：同“茫茫渺渺”义。

【赏析】

这曲《满庭芳》没有《醉高歌》的长吁短叹，也没有《凭阑人》的伤心难过，开篇便直逼苏轼的“乱石穿空，惊涛拍岸，卷起千堆雪”，有种天高海阔的气魄在其中。在酒圣诗豪频临的江南胜景面前，姚燧的情绪被迅速调动起来，他登高而招，远眺江山，山水迢迢，烟波浩渺，心胸豁然开朗，抬眼仰天长笑，什么功名利禄、荣辱富贵，都可以抛于脑后。他此刻的心境所容纳的只剩下眼前的美景。

作者少年时非常不幸，出生不到三年时，父亲便辞世了，丢下他一人在尘世飘零。伯父姚枢见他可怜，便带他移居到边境。

姚燧的文学素养可能是在那段时间培养出来的，因为没有俗世的叨扰，他可以专心徜徉书海，年纪轻轻时便精通诗、词、曲、书、画，回到京城之后，迅速成为文坛的一颗新星，很快便被人推举到秦王府做文学，后来进入朝廷担任翰林学士承旨。元成宗时期，姚燧当上了江西行省参知政事，与宰相之职只有一步之遥。

才华横溢、仕途顺利，按理说姚燧不应该痛苦，至少物质生活有保障，什么都不缺，应该快活才是。但他看到了无数的政治风波，这些并非他所愿，然而过得过不得，不是他能选择的，也由不得他选择。

寿阳曲　潇湘夜雨

马致远①

渔灯暗，客梦回，一声声滴人心碎。孤舟五更家万里，是离人几行情泪。

【注释】

①马致远：元代著名戏曲作家，散曲家，元大都（今北京）人，号东篱。其作品语言清丽，沉郁中亦显飘逸，有脱俗之风。

【赏析】

一曲《寿阳曲》，点点离人心碎声敲打着人们的心弦。本曲的曲名既为“潇湘夜雨”，可见马致远所在的地方必定是潇湘之地。潇湘本指湘、潇二水汇集的零陵郡，后来人们干脆用它来指代湖南等地。当地每逢夏秋便落雨不停，尤其是傍晚开始的淋漓小雨，激起浮动的江雾，一些渔人驾着小舟于雾间若隐若现，渔灯朦朦胧胧，更惹人遐想。

元代的人多离愁，有国家民族变乱的原因在里面，也有个人的情感在其中。过去人们表达情感的有诗词歌赋，也有民间传奇，不过表现张力比元代的杂剧和曲子显然要弱。另外，饱经离难的元人情感变得复杂得多，他们通过自己的笔墨，大量融合各民族、各地方言的感叹词，创作出易于弹唱的曲调和歌词，使得他们要表达的内容更加情深义重，催人泪下。

“离愁”之曲写得最让人魂断的当属马致远，他的《天净沙·秋思》已成绝响。在《汉宫秋》里他也曾借昭君王嫱之口道出“背井离乡，卧雪霜眠”的痛苦。离开家乡如同躺在霜雪上，实在难以忍受。而这首《潇湘夜雨》，肯定会让离家万里、心有所系的人在烟雨蒙蒙面前惆怅满腹，泪水涟涟。

像马致远这样的羁客遍布大江南北，因秋景而生乡情的人也比比皆是。

汉宫秋（节选）

马致远

【醉中天】将两叶赛宫样眉儿画，把一个宜梳裹脸儿搽，额角香钿贴翠花，一笑有倾城价。若是越勾践姑苏台上见他，那西施半筹也不纳，更敢早十年败国亡家。

【梅花酒】呀！俺向着这迥野悲凉。草已添黄，兔早迎霜。犬褪得毛苍，人搠起缨枪，马负着行装，车运着糇粮[①]，打猎起围场。他、他、他，伤心辞汉主；我、我、我，携手上河梁[②]。他部从入穷荒；我銮舆返咸阳。返咸阳，过宫墙；过宫墙，绕回廊；绕回廊，近椒房；近椒房，月昏黄；

月昏黄，夜生凉；夜生凉，泣寒螿；泣寒螿，绿纱窗；绿纱窗，不思量！

【注释】

①糇（hóu）粮：干粮。②携手上河梁：形容惜别之景。

【赏析】

昭君出塞，令自汉以来的无数后人唏嘘感慨，文人骚客不乏诗作。一个女人为了所谓的民族大义而牺牲“贞洁”，便是永世赞赏的对象。许多人可怜王嫱远赴千里，埋骨他乡，魂向中土不能回，为她写下不计其数的挽联，为她歌功颂德。

但是，马致远的《汉宫秋》不想苟同他人的看法，而是对元帝与王嫱不能情有所钟给予了最大的怜悯。马致远的《汉宫秋》作为元代的名剧，所写的虽然是昭君，但它的特别之处在于不以昭君出塞为主要内容，而是写了一段昭君与元帝相爱的过程。在全剧中，马致远尽情地发挥着自己的想象，放纵自己的笔调，去写一段欲舍难离、可歌可泣的爱恋。

这里选取的“醉中天”就是《汉宫秋》第一折中汉元帝与王昭君邂逅的一幕场景。

此女的面容倾国倾城，汉元帝一看到她，便惊为天人，可与西施相媲美。如果越王勾践早遇到她，西施也会被忽视。汉元帝十分不理解，就算自己终日在朝堂上忙于政事，也不可能轻易忽略这样的优雅女子，究竟原因为何？

让汉元帝深深着迷的女子，便是在汉宫中待了几年的王昭君。她没料到在半夜里弹琴，竟然会惊动帝王，犹以为自己身在梦中。想当年画师毛延寿从中作梗，在她的画像上点了丧夫痣，使她从一进宫就幽居冷殿。一晚，她忧思难消，本打算趁着夜里无人拂曲聊以慰藉，竟然引来一心希冀见到的人。

剧中的元帝和王昭君，前者体贴，后者温柔，使他们相处的时光温馨无比。昭君得宠之后，画师毛延寿畏罪潜逃至匈奴，为了报复元帝和昭君，便将昭君的画像送给单于。单于顿时为王昭君的美貌所迷，本准备南下进攻的念头也打消了，派使者到汉室索婚，只要元帝将昭君奉上，一切皆可商量，要是汉元帝敢拒绝，匈奴百万雄兵将即日南侵，以决胜负。

汉元帝本以为满朝的文武百官会支持他打仗，哪知这班人马个个吓得屁滚尿流，哭爹喊娘地要求他把昭君送给匈奴王。面对这些，元帝一个人又能做什么？

就这样，元帝忍着撕心裂肺的痛楚，在大殿上为王昭君和匈奴单于主持婚礼。

“梅花酒”是第三折中的一段曲子，此段所写的尽是元帝送别昭君时的痛苦心情。他在灞桥之上，远眺着护送王昭君的马车隐于荒草戈壁，感到自己的魂也快要离体追随而去。元帝一想到昭君从此便要受苦，终日对着荒草霜天，身边伴的不是贴心的人，他便痛苦难当。塞外的生活是何等凄苦，随处可见褪了毛的狗、扛着红缨枪的牧人，四处都是马负行装，荒凉不已，待在那里，过的日子也必定辛苦非常。昭君伤心地离开，目送她离去的元帝也不得不乘车回咸阳，可是每过一道宫墙，每走一条回廊，两个心爱之人的距离便远了几里。对元帝来说，汉宫之内，只余一片孤寂，只剩凉夜昏月，只闻寒蝉悲泣。再也听不到昭君的琵琶声了。

这一段曲子情感缠绵悱恻，马致远笔下的汉元帝，多情超乎想象。但剧情没有就此打住，更悲惨的事情发生了。

得到王嫱的单于率兵北去，王嫱却做出惊世之举。她一方面不舍故土，另一方面思念元帝成疾，便在汉番交界的黑龙江投水而死。昭君死的当夜，汉元帝做梦惊醒，突闻窗外孤雁哀鸣，顿时泪如泉涌。他跌跌撞撞地跑出寝殿，叫宫人去打听昭君的消息，才知昭君已经自尽。而单于怕和汉室起干戈，遂将画师毛延寿遣送回来。元帝痛煞，几欲撞墙，下令叫人砍了毛延寿的脑袋，以慰藉昭君在天之灵。数年后，元帝也抑郁而亡。

在《汉宫秋》里，王嫱与元帝的爱情虽然生不能在一起，但得到了共同赴死的结局，这是马致远对忠贞爱情的理解。

西厢记（节选）

王实甫

【秃厮儿】我则道神针法灸，谁承望燕侣莺俦[①]。他两个经今月余则是一处宿，何须你一一问缘由？

【圣药王】他每不识忧，不识愁，一双心意两下投。夫人得好休，便好休，这其间何必苦追求？常言道“女大不中留”。

【麻郎儿】秀才是文章魁首，姐姐是仕女班头[②]；一个通彻三教九流，一个晓尽描鸾刺绣。

【幺篇】世有、便休、罢手，大恩人怎做敌头？起白马将军故友，斩飞虎叛贼草寇。

【络丝娘】不争和张解元参辰卯酉[③]，便是与崔相国出乖弄丑。到底干连着自己骨肉，夫人索穷究。

【注释】

①燕侣莺俦（chóu）：形容男女欢爱如燕莺般和谐相伴。②班头：领头。③参辰卯酉：对头。十二时辰中，卯、酉正相对，参、辰二星亦正相对。

【赏析】

这5段唱腔出于《西厢记》第四本第二折，是红娘最出彩的段子。

“圣药王”“麻郎儿”“幺篇”三段曲子是红娘赞崔、张是才子佳人，情投意合，而张生的义兄还是大将军，与崔家门当户对；而“秃厮儿”“络丝娘”两段里，红娘直接指责老夫人不守信用，坏人家姻缘，连心头肉的好女儿都不管不顾。五曲铿锵有力，完全展露了红娘伶牙俐齿的一面。

老夫人被红娘一连串的抢白，弄得一句话也说不出来，思来想去，考虑到张生义兄杜确的身份，只有同意二人交往，但张生必须考取功名才能和崔莺莺结婚。不久，张生果然考得状元，立刻赶往家中报喜。然而一波未平，一波又起。郑恒突然横插一脚，欺骗莺莺说张生已经成了卫尚书的东床快婿，意图染指莺莺。好在张生和杜确及时赶到，惩治了小人郑恒。而张生终于得偿所愿，抱得美人归。此时的张生早把答应红娘的事情忘在脑后，小小的红线人只能黯然退出了舞台。

红娘的可爱、大胆、泼辣赢得众多人喜爱，贾仲名在追忆王实甫时曾言：“风月营密匝匝列旌旗，莺花寨明飚飚排剑戟。翠红乡雄赳赳施谋智。作辞章，风韵美，士林中等辈伏低。”每日混迹在妓馆市井的王实甫，见“卑贱者”无数，了解到他们每个人活着的方式都有所不同，生活际遇也大相径庭。他如此写红娘，一是对此类女性心存同情，二是真的想在戏曲中为普通世人争得永世流芳的机遇。

第八篇

一生最爱纳兰词

采桑子

谁翻乐府凄凉曲[①]？风也萧萧，雨也萧萧，瘦尽灯花又一宵。

不知何事萦怀抱[②]，醒也无聊，醉也无聊，梦也何曾到谢桥[③]。

【注释】

①翻：演唱或演奏之意。乐府：诗体名，初指乐府官署所采制的诗歌，后将魏晋至唐可以入乐的诗歌，以及仿乐府古题的作品统称乐府，宋以后的词、散曲、剧曲，因配乐，有时也称乐府。②怀抱：心胸。③谢桥：谢娘桥，古时称所爱的女子（或妓女）为“谢娘”，称其所居处为“谢桥”。

【赏析】

这是一首爱情词，抒写对情人的深深怀念：是谁在翻唱着那凄凉幽怨的乐曲？伴着这潇潇雨夜，听着这风声、雨声，望着灯花一点一点地烧尽，让人寂寞难耐、彻夜不眠。在这不眠之夜，不知道是什么事情萦绕在心头，让人或睡或醒都如此无聊，梦中追求的欢乐也完全幻灭了。

纳兰的词有个特点——虽然读起来平淡无奇，但回味心头时，却是百味杂陈。正如梁启超所说的那样，纳兰的词是“眼界大而感慨深”。的确如此，纳兰深谙词之大义，他熟练地用一个一个汉字串成最美丽的篇章。

“谁翻乐府凄凉曲”算是纳兰词中的名句，看似平白易懂，却于深处暗含波涛汹涌的愁绪。谁在唱着那些凄美的歌曲，歌声萧索，居然令“风也萧萧，雨也萧萧”，而且还凄凉到彻夜无眠，“瘦尽灯花又一宵”。古人的烛火一般是用羊油做成的，烛芯烧着的时候，有时候会发出小小的爆裂的声音，像烟火一样。所以，在这里纳兰用“灯花”来描写，美丽的词汇既能增加词的美感，又能写出意境。相思也有分类，纳兰的相思就如同燃烧的灯芯，模模糊糊，道不清真切，却是持续不断，烧不尽相思。

上片写完相思的凄凉，下片便转而写无聊的现状。“不知何事萦怀抱”，思念到深处，依然觉察不出什么事情才是牵绊自己思绪的“罪魁祸首”。凄凉的心境令自己整夜无眠，而无眠之夜里，无谓的相思，更是令自己“醒也无聊，醉也无聊”。

词写到这里，意境接近尾声，只是令读词的人还是不甚明了：令纳兰凄苦而又无聊的女子究竟为何人？可能是为了解决读者心中的疑惑，也或许是为了回答自己这一整夜无聊的思索，纳兰最后一句便交代为“梦也何曾到谢桥”。

收笔之句似乎在字里行间悄悄透露了这位不知名的女子的倩影。末尾处的“谢桥”是说谢娘桥，古人用“谢娘”来指代心仪的女子，而“谢桥”便是由谢娘衍生出来的美丽词汇，指代佳人所住的地方。

夜阑更深，夜晚的静谧代替了白日的喧嚣，相思便也蠢蠢欲动，从心底涌上脑海。整首词看不出任何山盟海誓、海枯石烂的决绝，反倒是处处透着几分“聚散无妨，由他去吧”的淡然。纳兰的心在词句中若隐若现，似乎在对这份感情喃喃自语：随风去吧，相思本无期，但凡有一日我不再想起你，那么我们就无需再痛苦了。

戛然而止的诗词并没有隔断纳兰多情多思的思恋，曾几何时，晏几道“梦魂惯得无拘检，又踏杨花过谢桥”，道出了相思的轻薄与随意。而相同的词境，在纳兰的词里，却是透着几分清爽的纯情与率真。这是一种无法言说的情愫，思念中带着自嘲，冷淡中带着自责，想说爱一个人真的不容易，但停止思念一个已经远去的爱人更是不容易。

一场古时候的思念，一个谢娘的故事，或许思念真的是从一座谢桥走向另一座谢桥，在不经意间品味思念似醉非醉的感觉。纳兰的词，无人能够真正地诠释，但这也正是纳兰词的魅力所在，因为不懂，所以悲悯。

因为每个人的梦中深处，都有一份得到却又失去的美丽。

采桑子

明月多情应笑我，笑我如今。辜负春心①，独自闲行独自吟。

近来怕说当时事，结遍兰襟②。月浅灯深，梦里云归何处寻？

【注释】

①春心：春景所引发的意兴或情怀。②兰襟：芬芳的衣襟。比喻知己之友。《易·系辞上》："二人同心，其利断金；同心之言，其臭如兰。"襟，连襟，彼此心连心。

【赏析】

这首词的写作背景有两种：一是怀友之作。纳兰是极重友情的人，他的座师徐乾学之弟徐元文在《挽诗》中对他赞美道："子之亲师，服善不倦。子之求友，照古有烂。寒暑则移，金石无变。非俗是循，繁义是恋。"

这番赞美绝非虚假奉承之意，纳兰之友确是"在贵不骄，处富能贫"。纳兰喜欢交朋友，他也善于交朋友，在纳兰短暂的一生中，他有许多志同道合的朋友，所以，词中所写的"结遍兰襟"，并不是夸张的修饰之语。

而纳兰本人的爱交友、善交友，体现出了他性格中多情、重情义的一面。不过，重情又往往成了他的负担。正如词中所写，"近来怕说当时事"，在而今的事是人非面前，纳兰害怕回忆起往昔美好的一切。他将头埋进沙子里，犹如鸵鸟一般，自欺欺人地躲避着一切。但他终是无法逃脱的。

纳兰在词中感伤：明月如果有感情，一定会笑我，笑我到现在都春心未结，独自在这春色中徘徊沉吟。最近很怕说起当年的那些往事，当时高朋满座，彼此惺惺相惜。如今月夜幽独寂寞，只有在梦里寻找往日的美好时光！

他希望不美好的尽快过去，往日的朋友依然能够惺惺相惜，如同他在词中所写的最后一句一样："梦里云归何处寻？"这一切都仿佛梦一样，难以寻觅，难道真的只有在云归深处，才能找到当日的美好？

还有一说是，这首词是纳兰为沈宛而写，当日纳兰娶江南艺妓沈宛为妾侍，后来因为家庭的压力，二人被迫分离。这首词就是纳兰在离别之后思念沈宛的佳作。

纳兰曾在一方闲章里刻有"自伤多情"四字，可见他自己也在为自己的多情而苦恼。在纳兰看来，就连天上的那一轮明月，也在嘲笑他的多情，嘲笑他在如此美好的春光下，却暗自苦恼，不解风情。

这首《采桑子》写得非常细腻，上片写出纳兰低沉黯然的心情，同时还烘托出纳兰怅然若失的心态。从"辜负""闲行""独自"这些词语中，能够体会到纳兰内心的寂寞和无聊，只有自己吟唱自己的孤独，因为他人无人能懂。

而到了下片，他便解释为什么自己会有如此沉郁的心情：首先是害怕回首往昔，他害怕提起当日的事情。因为往事不堪回首，一切过去的都将不再重来，纳兰面对的回忆不过是空城一座，而他自己，只有在城外兴叹。

这也就是为何纳兰会在月光下愁苦，在灯光下和午夜梦回时依然能够温习往日的岁月。不论这首词是纳兰写给朋友的，还是沈宛的。都是他发自内心的感慨，细腻单纯，干净得几乎透明。

诉衷情

冷落绣衾谁与伴？倚香篝①。春睡起，斜日照梳头。欲写两眉愁，休休②。远山残翠收③，莫登楼。

【注释】

①香篝：古代室内焚香所用的熏笼。②“欲写”二句：意思是本来想要画眉，然而却双眉愁锁，算了，还是不画了。休休：不要、不用，表示禁止或劝阻。③“远山”句：意为远处山峦的翠色消散了。收：消失、消散。

【赏析】

世人总说花间词艳丽奢华，透出一股脂粉气。反观纳兰此作，却与花间词有相似之处，更与温庭筠“梳洗罢，独倚望江楼”有几分相似。

《诉衷情》原为唐教坊曲，为温庭筠所创，后用为词牌名。温庭筠创制此调时取《离骚》诗句“众不可说兮，孰云察余之中情”之意。后来，毛文锡词有“桃花流水漾枞横”句，故又名为《桃花水》。纳兰这首词秉承温词一脉，描写思妇春日无聊的情状。着墨不多，因此看似清淡，实则蕴藉有致。

“冷落绣衾谁与伴？”首句发问其实也是设问，自问自答。因无人相伴，看那绣衾衣裳，就算华美艳丽，也只让人觉得了无思绪。因为无人相伴，此情此景自然易解了。后两句：“倚香篝。春睡起，斜日照梳头。”香篝本是古代室内焚香所用的熏笼。一般来说，古代官宦人家，或者大家闺秀闺房中才有能力燃此香笼，因此，倚香篝则再次点到此女子的身份。“春睡起，斜日照梳头”则点到时间，初日迟迟，已经照满屋子，“睡起晚梳头”，毫无心绪。一副慵懒形象跃然纸上。如果说此处只是描写女子动态特征呈现慵懒姿态的话，“欲写”二句则把这种慵懒之态又向前推进一步，说那女子本想画眉，却看到自己双眉愁锁，算了还是不描了，描来有谁看呢？“休休”则是这种心语的集中体现。

可想此场景：春日迟迟，少妇因幽枝独依，显得百无聊赖，则赖床度日。迟睡起，斜阳已至，因此无心打扮，只有深锁愁眉，无奈中更不知怎么排遣寂寞之念。因此想起温词倚楼断肠之句，更不敢登楼了。

自然，此处“远山残翠收”是实景虚写之笔。也由此可以看出，景色已经极熟悉，不必登楼就已知晓，想那断肠处自然是不宜多去的。

这首词纳兰承袭花间词风，因为他温文尔雅、少年风流而又擅长小令，此种词类自是写法娴熟，笔墨点至，形象刻画往往呼之欲出、细腻生动。但比之温飞卿《望江南》则有不足之处。

总之，纳兰为清词人，写思妇自然与自身身世之境相连。若非如此，则不过是磨炼前人之笔，亦无创新罢了。

浣溪沙

十里湖光载酒游，青帘低映白蘋洲[①]。西风听彻采菱讴[②]。

沙岸有时双袖拥[③]，画船何处一竿收[④]。归来无语晚妆楼。

【注释】

①青帘：旧时酒店门口挂的幌子，多用青布制成。白蘋洲：泛指长满白色花的沙洲。唐李益《柳杨送客》诗：“青枫江畔白蘋洲，楚客伤离不待秋。”②采菱讴：乐府清商曲名，又称《采菱歌》《采菱曲》。③沙岸：用沙石等筑成的堤岸。双袖：借指美女。④一竿：宋时京师买妾，一妾需五千钱，每五千钱名为“一竿”。李煜《渔父》：“浪花有意千重雪，桃李无言一队春。一壶酒，一竿身，世上如侬有几人。”故此处之“一竿”亦可指渔人。

【赏析】

史上文人词句各有风格。纳兰之词，可谓情由景生、情景交融。这一首词，读罢内心充满美好的期待。目光所及，如诗如画。

景是湖边之景，文人向来喜爱以湖景为背景，兴许是由于湖之温和、宁静，令人心境平和。甚是喜爱朱自清的《桨声灯影里的秦淮河》，灯火酒家，映于湖面之上，悠扬醉心令人留恋不已。携酒游于湖面之上，风是江南之风，水为江南之水，酒家门面上的青布幌子掩映着白色的沙洲，好一幅惬意的佳景。

和着西风在小舟之上饮酒，醉心之趣，好似听见采莲曲悠扬地在湖面上拂过，又有沙岸上美女水袖飘然，翩跹起舞，自是美不胜收。此时纳兰又借李后主《渔夫》中“浪花有意千重雪，桃李无言一队春。一壶酒，一竿身，世上如侬有几人”一句，表达身在舟中，好似渔夫撑竿，尽享自然情趣的美好感触。当年李后主身为君王身不由己，只得写这样一阕词，画饼充饥，以抚慰自己疲惫无奈之心。在美景之中，纳兰是否也如后主一般惆怅地期待，我们并不能身临其境地大胆猜测，但至少从这词看，基调明朗闲适。纳兰对山山水水尤其喜爱，心心念念想要回归自然，为天地之间的一名酒客便可。这心愿，从满首词间漫溢的情趣就可窥见。

纳兰这词，写得清新、雅致，写景之词历代文人有不少佳作，纳兰写景却依旧不让人觉得雷同厌倦。勾勒这描绘的图景，秦淮河的灯火之夜又于脑中浮现，朱自清轻柔的笔触淡描：“醉不以涩味的酒，以微漾着，轻晕着的夜的风华。不是什么欣悦，不是什么慰藉，只感到一种怪陌生、怪异样的朦胧。朦胧之中似乎胎孕着一个如花的笑——这么淡，那么淡的倩笑。淡到已不可说，已不可拟，且已不可想；但我们终久是眩晕在它离合的神光之下的……”湖面、小舟、酒家、沙堤、美女、灯火都有了，便觉人间万千之美，都已获得。纳兰之心，想必也是这般。田园之趣，之于生活，已然足够，不需更多。

读一阕写景之词，读出如此欢愉，纳兰之心，了然于世。

好事近

帘外五更风，消受晓寒时节。刚剩秋衾一半[1]，拥透帘残月。

争教清泪不成冰[2]，好处便轻别。拟把伤离情绪[3]，待晓寒重说。

【注释】

①剩：与“盛”音意相通。②争教：怎教。③伤离：为离别而感伤。

【赏析】

本篇是纳兰的一首简短小词，上片写相思，似乎是在回忆中找寻往昔的欢乐，又像是在怀念妻子，在她离去后产生了伤感之情，词意扑朔迷离，耐人寻味，有着重情重义之感，也有迷惘哀伤的纠结。

开头便直言生命的不可承受之重，“帘外五更风，消受晓寒时节”。竹帘之外传来五更的寒风，在这清秋寒冷的早晨实在让人难以消受。这首词写与妻子乍离之后的伤感，写得如此直白动人，只怕是纳兰的内心真的是无法再忍耐下去了，爱情对于他来说是精神的一种很大寄托；但当他所依赖的爱情都离他而去的时候，再坚强的人，只怕也会难以承受了。

词一开始便颇有自怨多情之意。不过语言虽然直白粗浅，却真挚感人，情感不就是这样才最真实吗？越是直白简洁，便越是入情至深。而后接下去便说道：“刚剩秋衾一半，拥透帘残月。”独自孤眠，秋夜冷冰冰的被子因多出了一半而晓寒难耐，于是拥被对着帘外的残月。夜半孤枕难眠，只能望着明月去回忆往昔，但可惜，月亮似乎也知道他的心事，窗外所对的只是一轮残月而已。

欢乐和幸福都是短暂的，世上没有什么事情是长长久久、永不变更的。纳兰而今只剩下独自一人，孤独无依，现在对着窗外的残月，更是加重了这种孤独感。纳兰自然是情难自禁、泪流满面。

故而下片便写道“争教清泪不成冰”，自然承接了上片的情绪，没有什么过渡，也没有任何引申，依然是简单的描述，将心情的糟糕写得入木三分。直白的描述有时起到的作用不可小觑，纳兰将人生苦短、情短苦多的情感纠葛写得让人无法不动情。

想起往日的种种，而今自己独自一人赏月，怎教清泪不长流，空自凝噎呢？这句中的“成冰”更是写出清冷孤寂的意味了。泪流至结成冰，这该是怎样的一种哀愁。纳兰的孤独和寂寞，在卢氏离去后便更加明显，但凡卢氏之前用过的衣物、住过的楼阁，对纳兰来说，都是一种折磨。

所以，纳兰才会说“好处便轻别。拟把伤离情绪，待晓寒重说”。纳兰自己也知道，面对这样铺天盖地的哀伤，最好的方法就是不把离别之事放在心上。这离愁别绪待到天亮以后再去想吧。

如此哀伤， 似真非真，似幻非幻，极富浪漫色彩。在词的最后，纳兰从回忆中抽身，回归现实，他知道现今已经人去楼空、物是人非了，与其在回忆中痛苦挣扎，不如转身睡去，让梦境和睡眠赶走孤独和寂寞。

这首悼亡词写痛苦写得淋漓尽致，既然相爱的人总有一天会因为生老病死种种原因分开，那当初为何还要用情那么深，以至于到如今还难以消解遗忘？这恐怕是所有有情人的困惑和疑问，纳兰在这首词的最后做了解答。既然相爱，就去爱，一旦爱不起的时候，便是再后悔也无用了。

相爱本身并没有错，错的是上天给相爱的人时间太短。纳兰这首词的最后以无言地睡去结束，一句话，便让一切尽在不言之中了。全词平铺直叙，却是递进层深，读来令人黯然神伤。对于岁月的无情和短暂，纳兰作为一个失去至爱的男人，将自己的感慨抒发得令所有人都为之动容。情爱的神秘之处便在于无法控制、不可预知，你永远都无法知道会在什么时候，什么地点，爱上一个什么样的人。

同样地，你也无法知道会在一个什么地方，什么时候，与你相爱的人彻底分离，无法携手。到那个时候，即便你内心柔情万千，却也是无法跨过生死之间那千山万水的距离。

生死难料，唯独爱永恒，纳兰不但留下了他的词，更将他的爱留在了世间。

长相思

山一程，水一程，身向榆关那畔行[①]，夜深千帐灯。

风一更，雪一更，聒碎乡心梦不成[②]，故园无此声。

【注释】

①榆关：山海关，古称渝关、临榆关、临渝关，明代时改为今名，其地古有渝水，县与关都以水得名。在今河北秦皇岛。那畔：那边。②聒：吵闹之声。乡心：思念家乡的心情。

【赏析】

清康熙二十一年二月十五日，康熙因云南平定，出关东巡，祭告奉天祖陵。纳兰随从康熙帝诣永陵、福陵、昭陵告祭，二十三日出山海关。塞上风雪凄迷，苦寒的天气引发了纳兰对北京什刹海后海家的思念，这首词即在这个背景下写成。

词的开篇即指出到达塞上山水漫长路途遥远，“山一程，水一程”，仿佛是亲人送别了一程又一程，山上水边都有亲人的身影，这漫漫长路终究有亲人一直不舍不弃地萦绕在心间。“身向榆关那畔行”，榆关在这里代指山海关，一行人马由于使命在身皆是行色匆匆，只全身心地奔赴山海关。“夜深千帐灯”则是康熙帝率众人夜晚宿营，众多帐篷的灯光在漆黑夜幕的反衬下独有的壮观场景。

这里借描述周围的境况而写心情，实际是表达纳兰对故乡深深的依恋和怀念。二十几岁的年轻人，风华正茂，出身于书香豪门世家，又有皇帝贴身侍卫的优越地位，本应春风得意；却恰好也是因为这重身份，以及本身心思慎微，导致纳兰并不能够安稳享受那种男儿征战式的生活，他往往思及家人、眷恋故土。严迪昌《清词史》：“‘夜深千帐灯’是壮丽的，但千帐灯下照着无眠的万颗乡心，又是怎样情味？一暖一寒，两相对照，写尽了自己厌于扈从的情怀。”

“夜深千帐灯”既是上片感情酝酿的高潮，也是上下片之间的自然转换。夜深人静的时候，是想家的时候，更何况还是这塞上“风一更，雪一更”的苦寒天气。风雪交加夜，一家人在一起什么都不怕。可远在塞外宿营，夜深人静，风雪弥漫，心情就大不相同。路途遥远，衷肠难诉，辗转反侧，卧不成眠。“聒碎乡心梦不成”的慧心妙语可谓水到渠成。

纳兰思乡心切，孤单落寞，不由得生出怨恼之意：家乡就没有如此吵闹的声音。此处“故园无此声”看似无理实则有理：故园岂无风雪？但同样的寒宵风雪之声，在家中听与在异乡听，感受自然大不相同。在家中无论寒风如何呼啸，心中也是有所归依的、暖着的；而如今身处异地，风声也就聒噪了起来，雪花也就凌乱吵闹了起来，纳兰的乡关之思和怨尤之情在此表露得尤为明显。

“山一程，水一程”与“风一更，雪一更”的两相映照，又暗示出词人对风雨兼程人生路深深厌倦的心态。首先山长水阔，路途本就漫长而艰辛，再加上塞上恶劣的天气，就算在阳春三月也是风雪交加、凄寒苦楚。这样的天气，这样的境遇，让纳兰对这表面华丽招摇的生涯生出了悠长的慨叹之意和深沉的倦旅疲惫之心。

从“夜深千帐灯”的壮美意境到“故园无此声”的委婉心地，既是词人亲身生活经历的生动再现，也说明他善于从生活中发现美，并以景入心，满怀心事悄悄跃然纸上。

天涯羁旅最易引起共鸣的是那“山一程，水一程”的身泊异乡、梦回家园的意境，信手拈来不显雕琢，王国维曾评：“容若词自然真切。”

本词既有韵律优美、民歌风味浓郁的一面，如出水芙蓉纯真清丽；又有含蓄深沉、感情丰富的一面，如夜来风潮回荡激烈，深受后人喜爱。

纳兰将塞上风景、行军神态以及自身的怨思之情婉转道来，画面壮美中不乏相思柔情，正所谓刚柔相济，尤其其中“夜深千帐灯”一句，取景新颖豪壮，深受国学大师王国维赞赏。不得不说这是一首描写边塞军旅途中思乡寄情的佳作。

清平乐

将愁不去[1]，秋色行难住。六曲屏山深院宇[2]，日日风风雨雨。

雨晴篱菊初香[3]，人言此日重阳。回首凉云暮叶[4]，黄昏无限思量。

【注释】

①将愁：长久之愁。将，长久。②六曲屏山：如山峦般曲折往复的屏风。③篱菊：谓篱下的菊花。语出晋陶潜《饮酒》诗之五："采菊东篱下，悠然见南山。"后用以为典。④凉云：阴凉的云。南朝齐谢朓《七夕赋》："朱光既夕，凉云始浮。"

【赏析】

找不到烦恼的缘由，却总也挣不脱这种没有缘故伤心的心情，失落是每个人都体会过的。人们在人生中不断追求，前行的过程中，难免会有不如意的时刻，但纳兰却不应该是一个烦恼的人，在旁人眼中，他享尽荣华富贵，可是在他自己看来，却并不满足。

这首词是重阳节的感怀之作：绵绵清愁挥之不去，无尽的秋色也难以留住。屏风掩映下那深深的庭院，整日愁风冷雨，不曾停歇。好不容易天晴了，菊花吐露出芬芳，听说今天正是重阳节。回望天边那阴云和暮色中的树叶，不由产生无限的思绪。

与纳兰的这首《清平乐》相似的一首，是晏殊所写的一首《清平乐》，晏殊作为有名的词人，可以说是纳兰的前辈，晏殊那首《清平乐》如下：

金风细细，叶叶梧桐坠。绿酒初尝人易醉，一枕小窗浓睡。

紫薇朱槿花残，斜阳却照阑干。双燕欲归时节，银屏昨夜微寒。

晏殊的这首小词抒发初秋时节淡淡的哀愁，语言十分有分寸，意境讲究含蓄，晏殊只是从景物的变更和主人公细微的感觉着笔，一直是旁敲侧击地描写，而不是从正面写情绪的波动。读后这首词，令人感到句句寓情、字字含愁。仔细品味之余，语言的清新、风格的婉约也是一大特色。

同样是抒发内心惆怅，纳兰的《清平乐》就显得更为简单直接一些，说愁便直接写愁，简单明了地道出自己的烦恼。"将愁不去，秋色行难住。"愁苦无法挥去，就连美丽的秋色都无法挥去愁闷。此处"将愁"表示长久的愁闷，秋色最是伤人的；因为寂寥，故而最能引起人们的伤感，因为迟暮，因而能让人们无法释怀。

在秋色中想挥手赶走哀愁，这无疑是愁上加愁，而纳兰也丝毫不避讳自己对于忧郁的无能为力，他坦然地告诉人们自己真的是“将愁不去”。比起晏殊的含蓄和隐藏，纳兰就好像一个孩子，毫不忌讳地将自己内心深处的感受讲出来，丝毫不怕被世人耻笑。

或者正是因为这份坦白，纳兰的词更显得有种直白的魅力，无人能够替代。而后接下一句是：“六曲屏山深院宇，日日风风雨雨。”屏风掩映下的庭院，日日风雨，愁云惨淡，人在这里，怎会不被感染！

纳兰居住的庭院，为何会让他感到哀愁？其实境由心生，所谓的庭院深深，还不是自己内心凄苦？所以，才看什么都显出一副悲凉模样。是谁让纳兰如此哀伤？是谁家的女子让纳兰神色清冽地立于窗前，眉头紧锁，无限恨，无限伤？

纳兰的这首词是否为一个女子所作，不得而知。或者，这根本就不是纳兰为任何人写的词，而只是他在重阳之时，想起往昔，感怀往事的作品。纳兰的许多作品都是这样，看似表达了对某个人深深的思念，但这个人却虚无缥缈似的，让人找不到任何踪迹。

“雨晴篱菊初香，人言此日重阳。”下片的风格稍显婉转，不再如上片那样晦涩。下片写到天气放晴，菊花绽放，香气扑鼻。然后词人才恍然大悟，原来是正逢重阳之日——重阳是一个让人伤感的节日。

古人的“每逢佳节倍思亲”，说的便是重阳，重阳是个让人思念故人的节日。纳兰在重阳节想起往日，必然是感慨万千。今昔往日，多少不同，而今一同从脑海中掠过，那些过往，仿佛还历历在目。

黄昏正在换取这一天里最后的一抹阳光，暮日下的世界，被覆上了迷离的光芒。黑暗即将到来，带走这一天的明亮，重阳节也很快就会过去。第二天依然是崭新的一天，“回首凉云暮叶，黄昏无限思量”。

只是在这即将告别白日的时刻，纳兰回首天边的云朵和落木，心头不禁思绪万千。这首重阳节感伤的词，写出了词人深埋心底的忧伤。

清平乐

风鬟雨鬓[①]，偏是来无准。倦倚玉阑看月晕[②]，容易语低香近。

软风吹过窗纱[③]，心期便隔天涯[④]。从此伤春伤别[⑤]，黄昏只对梨花。

【注释】

①风鬟雨鬓：形容妇女在外奔波劳碌，头发散乱的样子。后代指女子。②月晕：又称“风圈”，月光被云层折射，在月亮周围形成的光圈。③软风：柔和的风。窗纱：窗户上安的纱布、铁纱等。④心期：心中相许。引申为相思。⑤伤春：因春天到来而引起忧伤、苦闷。伤别：因离别而悲伤。

【赏析】

宋词里有许多缠绵悱恻的句子，在那些句子背后，隐藏的是一段段悲欢离合、感人至深的爱情故事。那些宋词，大多是写给歌女的，因为歌女作为宋代的一个群体，颇受关注，她们有着文化素养，有着艺术才华，是宋代文人十分欣赏的一个群体。

在古代社会，女子的任务便是嫁作他人妇，为丈夫家传宗接代，然后相夫教子，扮演贤内助的角色。这样的女子需要温柔贤惠，懂得三从四德、低眉顺眼，事事以丈夫的话为最高指令。

这样的女人自然无法得到男人真正的喜爱，他们便更热衷于去追逐花街柳巷里那些并不常规的爱情。因为有了爱情，生活才有了调味剂，于是才有了那么多赏心悦目的诗词歌赋；因为有了感情，辞赋便变得更有味道。

纳兰并不是一个贪恋美色的人，但他却是一个最需要爱情的男人，他的爱情曾随着表妹的入宫一度低沉，随着妻子卢氏的去世差点毁灭，甚至随着沈宛的离去而消散殆尽。不过还好，他的内心里，始终保存了有关爱情的一点追求，而纳兰又将这点追求放入了诗词中，时刻提醒自己：原来，爱情并未走远。

这首《清平乐》情辞真切，将相恋之中人们想见又害怕见面的矛盾心情一一写出。“风鬟雨鬓” ，本是形容妇女在外奔波劳碌，头发散乱的模样，可是后人却更喜欢用这个词去形容女子。

女子与他相约时，总是不守时，不能准时来到约会地点。但纳兰在词中却并无任何责怪之意，他言辞温柔地写道：“偏是来无准。”虽然女子常常不守约定时间，迟到的次数很多，但这并不妨碍纳兰对她的宠爱。想到与女子在一起的快乐时光，纳兰的嘴角便露出微笑。

“倦倚玉阑看月晕，容易语低香近。”记得旧时相约，你总是不能如约而至。曾与你倚靠着栏杆在一起闲看月晕，软语温存，情意缠绵，那可人的缕缕香气更是令人销魂。如今与你远隔天涯，纵使期许相见，那也是可望而不可即了。从此以后便独自凄清冷落、孤独难耐，面对黄昏、梨花而伤春伤别。

过去的时光多么美好，但是美好总是稍纵即逝。在纳兰的回忆里，这份美好过分短暂，好像柔软的风，只是轻微吹过脸庞，便已逝去。“软风吹过窗纱，心期便隔天涯。”与《清平乐》的上片相比，下片的格调显得哀伤许多，因为往昔的美好回忆过后，必须要面对现实的悲凉。

在想过往日与恋人柔情蜜意之后，今日独自一人，看着春光大好，真是格外感伤。纳兰一向是伤春之人，那是因为他内心深处一直藏着一份早已远逝的情感，就如同这春光一样：眼下再怎么美好，总有逝去的那一天。

“从此伤春伤别，黄昏只对梨花。”结局就是这样，有时候，人们往往知道结局是无法逆转的，但站在时光的路口，依然想不自量力地扭转乾坤。

最终，伤的只有自己。

点绛唇

小院新凉，晚来顿觉罗衫薄①。不成孤酌，形影空酬酢②。

萧寺怜君③，别绪应萧索④。西风恶，夕阳吹角，一阵槐花落。

【注释】

①罗衫：丝织衣衫。②酬酢：主客之间相互敬酒，主敬客曰“酬”，客敬主曰“酢”。③萧寺：佛寺。唐李肇《唐国史补》卷：“梁武帝造寺，令萧子云飞白大书‘萧’

字，至今一‘萧’字存焉。”后因称佛寺为萧寺。④萧索：萧条、凄凉。

【赏析】

纳兰性德在给姜西溟赠词《金缕曲·慰西溟》中有“马迹车尘忙未了，任西风、吹冷长安月。又萧寺，花如雪”句，词中即提到萧寺。史料更载：姜西溟到京参加“博学鸿词”考试，在京时曾寓萧寺。而纳兰与其交谊甚厚，姜在京时跟纳兰交游甚密，故自然可知这首词是为纳兰怀念姜西溟所作。

提到姜西溟，纳兰与其交游还有一段佳话。

姜西溟是“江南三布衣”中的一位。与纳兰交游时姜西溟是纳兰之父纳兰明珠政敌的门生，常与其父对立，他曾经在纳兰面前摔过杯子，臭骂纳兰家“没有一个好人”。而纳兰却不以为忤，认为姜的牢骚是出于对官场黑暗和龌龊的不满，故始终以诚相待。在姜西溟在京考举时，不顾父亲反对，毅然将姜接到自己家里居住，以解生活之忧。

另有故事说姜一向狂傲，口无遮拦，甚至几犯欺君犯上的大罪，都被纳兰一一化解。姜也最终发现纳兰性德有一颗金子般的心，并为之感动。在感谢纳兰的信中，他写道：“轸念贫交，施及存殁。使藐然之孤，虽不能尽养于生前，犹得慰所生于地下。”由此可见，他们两人，一个是真诚待朋友，包容朋友；一个是直言不讳，快人快语。这样的友谊、这样的交情在今天读来，亦让人为之动容。

在这首寄词中，纳兰以“小院新凉”起笔，言及天气刚刚转冷，后句有“晚来”一词，自然说到那一天至傍晚时，天气变得凉了，而由清朝博学鸿词考试一般设于秋季可知，此处说的应该是秋凉。秋凉便觉有些寒意了。词的上片从自己的感官出发，写怀友心绪：天色已晚，小院里忽然添了几分寒意，便觉得此时衣裳有些单薄了。念及此处，便想起那友人，为下片怀人之言埋下伏笔。此时我只能一个人独饮驱寒，“形影空酬酢”一句便把自己的伤怀念远、孤独寂寞的心情刻画得惟妙惟肖。一个人独饮闷酒，自然是对着自己的影子对饮长歌了。可谁又是主谁又是客，来来去去还不是自己一个人罢了。

下片自然承接到怀念友人处，便提及萧寺。自友人处起笔，想起当初跟友人在萧寺中惺惺相惜之情、对饮长谈之景，对比此刻自己的形影相吊，忽而觉得黯然。恰巧是在萧寺，虽史说：“梁武帝萧衍笃信佛教，多造立寺院，而冠以己姓，称为萧寺。”其名出自萧姓，但也觉萧索之意，遂有了下句“别绪应萧索”。此处纳兰匠心独运，把自己的情感转而嫁接到随后而至的秋凉之感上，又用萧寺做引子，显得十分巧妙有味。后边几句乃从容道来，一点都不带滞凝之感。

想想此处应是这种风景：西风劲吹夕阳，随着晚风，天气转寒，我怀念友人是否衣缕单薄不抵风寒呢？想到你处，自是那槐花也承受不起这风寒，萧萧索索，落了一阵，你是否也执酒驱寒，跟我一般寂寞独酌呢？

纳兰此作将自己的思友之情藏起，上片写己，下片转至友人，把笔触瞄准了各种秋景，景语之处，句句怀人，显得尤为真挚感人。

浣溪沙

谁念西风独自凉？萧萧黄叶闭疏窗①。沉思往事立残阳②。

被酒莫惊春睡重③，赌书消得泼茶香④。当时只道是寻常。

【注释】

①萧萧：稀疏的样子。疏窗：刻有花纹的窗户。②残阳：夕阳，西沉的太阳。③被酒：醉酒。④赌书：比赛读书的记忆力。典出宋李清照、赵明诚翻书赌茶之事。李清照《金石录后序》云：“余性偶强记，每饭罢，坐归来堂，烹茶，指堆积书史，言某事在某书某卷第几页第几行，以中否角胜负，为饮茶先后。中即举杯大笑，至茶倾覆怀中，反不得饮而起，甘心老是乡矣！故虽处忧患困穷而志不屈。”

【赏析】

西风吹来，谁会想到有人在这风中独自悲凉？“无边落木萧萧下”，遍地黄叶堆积，万物在沉寂前，似乎都要纷扬一番，如同蝴蝶一样地翻飞。秋也如此壮阔美丽。然而独坐闺中，疏窗紧闭，似乎与世相隔，只因为心中寂寥，独自凄凉。念起往事，独自沉思，在斜风残阳中，无限思量涌来，人何能禁？

醉酒得深沉，便不要在这春日里惊起，再感时伤春。怀想曾经与他赌书的日子，真是快乐至极，以至于茶杯翻覆，倒进怀中。这些在当时看来，自以为是平平常常，而今尽是伤心的回忆罢了！

这首词通过李清照的口吻，回忆和丈夫曾经美好高雅的生活，表达天人相隔的无限伤感。

宋代著名词人李清照，十八岁时与右相赵挺之之子赵明诚结婚，夫妻生活甜蜜恩爱。两人志趣相投，一起收集古玩字画，并一起勘校、考订版本，生活十分闲适惬意。他们最常做的游戏就是晚饭后猜书斗茶。两人先煮上一壶茶，然后轮流由一人说出一句或一段古人的诗文，让对方猜这句话出自哪本书、第几卷、第几页、第几行，以猜中与否分胜负，猜对了就优先喝一杯茶。由于李清照的记忆力特别强，几乎是每猜必中，赵明诚不得不甘拜下风。然而，聪明幽默的赵明诚也每每在李清照端起茶杯时讲笑话，结果常常引得她哈哈大笑，以至茶杯倾覆怀中，浇得一身湿漉漉。李清照将这些生活趣事记录在自己与丈夫合写的《金石录后序》中，成为才子佳人传诵的千古佳话。

事实上，纳兰性德写李清照、赵明诚夫妇相敬如宾、意趣高雅，一方面出于对古人的羡慕和替古人感伤，另一方面则是因回忆起自己与妻子的经历，从而生发一种顾影自怜的情绪。

这首《浣溪沙》中“沉思往事立残阳”与“当时只道是寻常”二句，情感极浓，情感上是递进式的：由不知人生为何如此辛苦而“沉思”，思到头终究也无答案，却转头长叹“当时只道是寻常”，如何的悲观决绝，如何的痛不欲生！所以王国维说：“纳兰容若以自然之眼观物，以自然之舌言情。此初入中原未染汉人风气，故能真切如此。北宋以来，一人而已。”这绝非溢美之词。或许王国维也知道后人会不能理解他何以盛赞纳兰性德。王国维受德国伦理哲学家叔本华的悲观主义影响，他尤为认同尼采“一切文学，余爱以血书者”以及歌德的“凡人生中足以使人悲者，于美术中则吾人乐而观之”。还自己说：“其使吾人超然乎厉害之外，而忘物我之关系。一旦入乎其中，犹集云弥月，而旭日杲杲也。”而词中这样的人并不是很多的，算来也只有纳兰性德是这种真性情的人了。所以我们完全可以理解他何以会盛赞纳兰性德，而众人又以为“过誉”云云。

减字木兰花　新月

晚妆欲罢，更把纤眉临镜画[①]。准待分明[②]，和雨和烟两不胜[③]。

莫教星替，守取团圆终必遂。此夜红楼，天上人间一样愁。

【注释】

①纤眉：纤细的柳眉。②准待：准备等待。③和雨：细雨。不胜：不甚分明。

【赏析】

这是一首咏物词，描写新月，比喻拟人，巧妙别致，颇有风格。

上片正面描写，通过比喻拟人表现新月。看那天边初升的新月，像一位美貌绝伦的女子正临镜梳妆，用那画笔画出一条弯弯的眉毛。要等到夜色中的烟雾消散后，天空澄澈，那时才能看见这一轮新月的美丽——然而细雨烟中，不甚了然，满目还是一片迷蒙。上片虽主要写的是新月，却还应注意到一点，也就是情感上的表现。本来花了很长时间、很多心思，好好化了一番晚妆，要等有人来欣赏自己。然而“准待分明”时，却发现“和雨和烟两不胜”，竟然不能看清这美貌，如何不让人悲伤？这里将新月拟人化了，比成一位女子，弯弯的眉毛高高翘起，好像女子皱眉不高兴似的。但实际的情感从下片可知并不单单是新月的悲伤，而是“此夜红楼，天上人间一样愁”。

下片从侧面描写新月，并且把情感也从新月落到人身上了。不要让星星替代了新月，让它们成为这漫漫黑夜的主角，须始终坚信，新月总会有变成玉盘圆月的那一夜。

上片写景，下片抒情，上片写月，下片写人，最后一句“天上人间一样愁”将上下两片、天上人间联系起来，情景交融。

这首词中“红楼”可以有多种解释。一种是红色的楼房，如史达祖《双双燕》：“红楼归晚，看足柳昏花暝。”洪昇《长生殿·偷曲》：“人散曲终红楼静，半墙残月摇花影。”两句中的“红楼”都是指这个意思。第二种解释是富贵人家中，女子居住的闺房称为“红楼”，如白居易《秦中吟》：“红楼富家女，金缕绣罗襦。”

王庭珪《点绛唇》词：“花外红楼，当时青鬓颜如玉。”第三种解释是旧时妓女居住的地方，周友良《珠江梅柳记》卷二载：“二卿有此才貌，误落风尘，翠馆红楼，终非结局，竹篱茅舍，及早抽身。”当然还有《红楼梦》之所谓“红楼”，大概是由于曹雪芹于悼红轩中披阅十载、增删五次的缘故，这“红楼”应是第一种意思。

至于本首词中“红楼”的意思，向来应该是第二种——富贵家庭中女子的闺房，因为这符合词人的总体风格以及社会环境。事实上，明清以来，文人的诗词中妓女的成分已经远少于唐宋，原因就在于唐宋妓女一般是艺伎，她们多具有一定的艺术修养，或能歌善舞，或长于填词写诗歌，所以那时文人多喜欢往来其间；然而明清以来，妓院就成为真正的烟柳之地，文化氛围也消失殆尽，艺伎就不是主流，文人也不齿于此了。所以从这两方面看，纳兰性德这里的红楼应该是第二种意思，或者是第一种。

鹧鸪天

别绪如丝睡不成，那堪孤枕梦边城[1]。因听紫塞三更雨[2]，却忆红楼半夜灯[3]。

书郑重，恨分明，天将愁味酿多情。起来呵手封题处[4]，偏到鸳鸯两字冰。

【注释】

①边城：临近边界的城市。②紫塞：北方边塞。③红楼：红色的楼，泛指华美的楼房。指富贵人家女子的住房。④呵手：向手呵气使暖和。封题：物品封装妥当后，在封口处题签，特指在书札的封口上签押，引申为书札的代称。

【赏析】

中国古典诗词中，有许多缠绵悱恻的诗篇，从“窈窕淑女，寤寐求之”的吟唱到“十年生死两茫茫”的悲叹，再到“才下眉头，却上心头”的相思情愁……我们在欣赏这些诗篇时，所能感受的不仅仅是那种热烈、深沉的感情，更能体味到洋溢在其中的绵绵相思以及幽幽愁思。

纳兰的这首词是塞上怀远之作，仍然是相思的主题，首句“别绪如丝睡不成”，直抒胸臆，多情公子此时正在塞上，别后的相思之情让他辗转反侧、夜不能寐，而“那堪孤枕梦边城”则进一步说明了纳兰的愁思之深。按照正常的理解，“梦边城”应该解释为“梦见边城”，但是联系上下文，我们就知道其应该解释为“梦于边城”。

由于孤枕难眠，于是纳兰只好从床上爬起来，去倾听那塞外夜半的雨声。可是这潇潇的夜雨声，就如同愁苦之人拨弄琴瑟的弦声，凄凉震耳，声声敲痛着纳兰那颗充满愁思的心，也越发触动了他的情思，让他不自觉地回忆起家中灯前的妻子，她此时是否也在思念着自己？

“紫塞”，指的是北方边塞，鲍照在《芜城赋》中有“南驰苍梧涨海，北走紫塞雁门”的诗句。长城之下的泥土呈紫色，相传这是因为修筑长城的老百姓一批批全都死在城下，以至于“尸骨相支拄”，百姓的血肉之躯掺和了泥土，恰是紫色，所以边塞就被称为“紫塞”。

相思之情此时已如春日的野草一样，迅速地疯长着，于是纳兰拿起笔，铺开纸笺，开始给妻子写信，抒发自己的离愁别绪。“书郑重，恨分明”，纳兰在这里化用李商隐的“锦长书郑重，眉细恨分明”。李诗原是一首《无题》：

照梁初有情，出水旧知名。
裙衩芙蓉小，钗茸翡翠轻。
锦长书郑重，眉细恨分明。
莫近弹棋局，中心最不平。

李商隐当时新婚不久，由于卷入“牛李党争”，因此在仕途上遭遇了不公正的待遇。新妻子王氏并没有因李商隐在仕途上的不得志而放弃他，而是一直不离不弃，与其患难与共。于是李商隐写下了这首诗。纳兰在此处截取“书郑重”和“恨分明”二语，语义上让人感到十分疑惑，至于他在当时要表达什么含义，我们今人就不得而知了。

接下来纳兰用一句“天将愁味酿多情”，将整夜的情思推向了高潮。人有七情六欲，会感到愁苦，而苍天似乎也在用滴滴答答的细雨声来酝酿自己的愁苦，一个“酿”字，可谓全词的词眼。

边塞严寒，纳兰好不容易写完信，呵着僵硬的双手封合了信封，在为信封签押的时候，偏签押到“鸳鸯”二字，却发现笔尖被冻住了，只有一片冰凉的寒意。在这里，纳兰将自己的心境与天气巧妙地结合在一起，那被冻住的恐怕不仅仅是笔尖，更是纳兰的那颗心吧。

相传卢氏死后，纳兰在26岁时续娶官氏，由于和官氏的婚姻带有政治色彩，所以纳兰一直对官氏非常冷淡。如果真是这样的话，那么这首词就应该不是写给官氏的。那么，我们是否就有理由推测，这又是一首怀念卢氏的悼亡之作呢？从“天将愁味酿多情”“偏到鸳鸯两字冰”这几句来看，纳兰当时心中确实有一种难以诉说的愁苦。

鹧鸪天

冷露无声夜欲阑[①]，栖鸦不定朔风寒。生憎画鼓楼头急[②]，不放征人梦里还。

秋淡淡[③]，月弯弯，无人起向月中看。明朝匹马相思处[④]，知隔千山与万山。

【注释】

①冷露：清凉的露水。②画鼓：有彩绘的鼓。③淡淡：水波荡漾的样子。④匹马：一匹马，后常指单身一人。

【赏析】

在一个尚武不重文的王朝中，纳兰当然知道自己应该驰骋在沙场之上，建功立业。但是他却偏偏是一个生有英雄志却又放不下儿女情的人，因此在羁旅行役中创作了大量描写痴男怨女的相思怨怼作品，这首词就是其中的一首。

开篇两句，“冷露无声夜欲阑，栖鸦不定朔风寒”，夜色将尽，冷露无声，朔风猎猎，寒鸦飞起，一静一动，形成对比，恰似词人此时跌宕起伏的心境。在中国古典诗词中，乌鸦常与衰败荒凉的事物联系在一起。例如李商隐《隋宫》："于今腐草无萤火，终古垂杨有暮鸦。"马致远《天净沙·秋思》："枯藤，老树，昏鸦。"这首词的首句出现"栖鸦"，则表现出词人黯然愁思的心情。

"生憎画鼓楼头急，不放征人梦里还"，词人本想早点入睡，好在梦中与妻子相会；谁知可恶的鼓声偏又在楼头急响，声声恼人，导致他无法在梦里还乡。在这里，纳兰用哀伤的笔调对人生的怨憎进行了描写，同时也用反衬的手法来衬托出自己的思念愁苦之情。

下片继续进行景物描写，"秋淡淡，月弯弯，无人起向月中看"。在中国古典诗词中，月亮这一意象往往成为人们思想情感的载体，有的人用月亮来渲染清幽气氛，从而烘托出一种悠闲自在、旷达的情怀。如王维的《山居秋暝》："明月松间照，清泉石上流。"有的人则通过描写月亮来寄托相思之情，抒发思乡怀人之感。如李白《静夜思》："床前明月光，疑是地上霜。举头望明月，低头思故乡。"有的人则用月亮来渲染凄清的气氛，烘托孤苦的情怀。例如白居易的《暮江吟》："一道残阳铺水中，半江瑟瑟半江红。可怜九月初三夜，露似真珠月似弓。"而在这首词中，秋波荡漾，月儿弯弯，本来是一派美好、宁静的景象。可是除了词人，竟没有旁人与他一起观赏，从而突出他的孤独寂寞。

结尾两句，"明朝匹马相思处，知隔千山与万山"，使思念具体化，纳兰此时已经想到明朝更会越行越远，归程阻隔，万水千山，而对妻子的思念之情则会变得越来越重。

荷叶杯

帘卷落花如雪，烟月[①]。谁在小红亭？玉钗敲竹乍闻声，风影略分明[②]。

化作彩云飞去，何处？不隔枕函边[③]，一声将息晓寒天[④]，肠断又今年。

【注释】

①烟月：云雾笼罩的月亮，朦胧的月色。②风影：随风晃动的物影。③枕函：中间可以藏物的枕头。④将息：调养休息、保养，这里是"珍重、保重"的意思。

【赏析】

写景一向都是纳兰的强项，这首《荷叶杯》以景喻相思，将落花与月夜结合得相得益彰，清幽淡雅之处隐隐透着些许沉郁。纳兰这首词，读起来如泣如诉，耐人寻味。词如其名，荷叶杯，这是很清丽的词牌名，来源于隋朝人士殷英童《采莲曲》中“荷叶捧成杯”一句，此后便有了此名。

这首词的情感力量十分强大，虽然只读字面并不觉得如此。但多留在心底回味几遍，便能感觉到这首词的婉转悠扬、连绵之美了。这是一首写景词，也是一首抒情词，抒发满腔抑郁、愁闷之情。

上片写幻象，在落花如雪的月夜里，朦胧中是谁伫立在小红亭里？偶尔传来几声玉钗敲竹般的声响，看去她身影历历，伫立风中。那身影蓦然化作彩云飞逝，要飞往何处？一切如梦如幻。然而与她在枕边的情义总是无法隔断、难以忘情的，道一声“珍重”，又将天明，断肠人又要在愁苦中度过一年。

唐人以荷叶为杯，将其称之为“碧筒酒”。古人喜欢附庸风雅，他们“接天莲叶无穷碧”“淡妆浓抹总相宜”。纳兰将此风雅延续，烟水迷蒙，可以让人们联想到许多艳美之事，“帘卷落花如雪，烟月。谁在小红亭？”一声反问拉开词的序幕，遥远的故事重回心头。纳兰这首词的意境可谓美到了极致，“落花如雪”，落花犹如雪片一样纷纷扬扬飘落，而在月色下，显得十分凄迷，纳兰用一个“烟”字去衬托“月”，使得月夜下这场落花雪更为动人心魄。

在一场华丽的雕琢布景之后，纳兰的心事隆重出场：“谁在小红亭？”一声疑问让后人读词时也疑惑不解，究竟是何种女子，竟然让纳兰如此神醉心迷？按照纳兰写这首词的时间推算，他应当是在怀念卢氏。

卢氏与纳兰的感情至深，感天动地。他们二人都是绝代佳人，真可谓人似落花如雪，情如烟月。二人之间的情感一直被后世传唱。纳兰的痴情，卢氏的温婉，这二人似乎成了神仙眷侣的代言人，看到他们就看到了完美伴侣。

但是，越是完美的就越容易碎。卢氏的死带给纳兰很大的伤痛，他写了无数的悼亡词，只为纪念自己这位妻子。在这首词中，可以清晰地感受到纳兰内心的伤痛，他带着深深的怀念，写下和卢氏有关的词句。

“玉钗敲竹乍闻声，风影略分明。”这是虚写，是纳兰的想象，他仿佛看到妻子的玉钗在敲动竹竿，发出声响。风声掠过，人影憧憧，妻子似乎就在眼前不远处，向他微微一笑，鲜活的画面让整首词仿佛都活了起来。

但这毕竟是幻境，是纳兰自己的想象。妻子已经去世，怎么可能会在人世间留下任何一点影踪呢？纳兰自然也是明白这点的，于是，他的哀戚，好似天边的云彩，飞往远处，无法回还。

漫漫蓝天，小楼轻上，回忆往昔，那些过去的日子让人心里竟是如此安定。日子曾经是那般温顺，在北方这个荒芜的都市里，也曾有过一对眷侣，双宿双飞；可是而今，一切都不在了，过去的再也回不来了。

“化作彩云飞去，何处？”都化作了彩云飞去，飞往何处呢？放眼望去，找不到踪迹。世间的事，莫非就是如此！红颜薄命，黄沙掩埋玉体，仅仅三载光阴，便天人相隔，永无相见之日了。

在落花如雪的月夜里，纳兰的心思里全是朦胧的想念。卢氏绰绰的身影，仿佛就在眼前。一声叹息，天边尽是断肠人。到底是谁寂寞？是去世的卢氏，还是仍然在世间苟活的纳兰？抑或是，这人世间，种种痴情的男女？

“不隔枕函边，一声将息晓寒天，肠断又今年。”月夜访竹，在一片夜色中思念故人，就仿佛这高洁的竹子，清洁如许，那份情感，天地可鉴。这些竹子，就好像纳兰的感情，日夜站在那里，千年不变。

这世间的情谊竟是如此不稳，忽而就永久地失去，再也看不到踪迹。但也正是如此，才更让那些痴情的人懂得情之艰难。

南歌子

翠袖凝寒薄①，帘衣入夜空②。病容扶起月明中，惹得一丝残篆、旧熏笼③。

暗觉欢期过，遥知别恨同。疏花已是不禁风，那更夜深清露、湿愁红④。

【注释】

①凝寒：严寒。《文选·刘桢〈赠从弟诗之二〉》：“岂不罹凝寒，松柏有本性。”李善注：“凝，严也。”②帘衣：即帘幕。《南史·夏侯亶传》：“（亶）晚年

颇好音乐,有妓妾十数人,并无被服姿容,每有客,常隔帘奏之,时谓帘为夏侯妓衣。"后因谓帘幕为帘衣。③残篆:指点燃的篆字形的香将要燃尽。④清露:洁净的露水。愁红:谓经风雨摧残的花,亦以喻女子的愁容。

【赏析】

古往今来,写男女相爱、离别苦情的词章不在少数。这些词,大多是你情我愿的甜蜜,或者是生死离别的怅然。总之就是生生死死、情情爱爱,并没有太大的新意。纳兰写词,也无法逃离这个怪圈,他的诗词,也大多是写此类;但纳兰却是能够写出千古情殇人的心事,写得让他们内心滴血。

这首词写离愁别恨:夜幕降临,帘幕里空空寂寂,他不在身旁,不免感到严寒凄冷。明月之下,支撑起这多病之躯,惹得将尽的残香烟雾缭绕。心里明白约定的欢会之日已过,想必你也跟我一样离恨难消。人已经病容满面,弱不禁风了,哪里还禁得起这夜来的愁苦相思呢!

人性最是复杂,从而也造就了文字的复杂。本来文字是反映人的内心所想,但因为人们常常不愿意那么轻易地就被旁人窥破心事,从而将简易的文字,变成了掌心中复杂的游戏。喜爱玩文字游戏的人,总能将几句诗词,写得云山雾罩,让人摸不到头脑,更摸不到这诗词中想要表达何种意思。

其实,戳破文字伪装的一面,就可以看到隐藏在背后的真相。那些词人,总是将自己的心事包装完好,不愿意被别人看到。其实这不过是自欺欺人的一种方式罢了,谁能看不穿呢?唯有自己。

纳兰从不如此,他只要是写词,一向都是直来直去,爱恨情仇,从不隐晦,干脆利落得让人惊愕。这就是纳兰,仿佛孩童一般透明,他愿意将自己的喜怒哀乐通通拿出来与世人分享。

据清《赁庑笔记》载:"容若眷一女,绝色也。旋女入宫,顿成陌路。容若愁思郁结,誓必一见,了此夙因。会遭国丧,喇嘛每日应入宫唪经,容若贿通喇嘛,披袈裟,居然入宫,果得彼妹一见。而宫禁森严,竟不能通一语,怅然而出。"之后,纳兰便写下一首《减字木兰花》,抒写当日的忧郁和感伤。"相逢不语,一朵芙蓉着秋雨。小晕红潮,斜溜鬟心只凤翘。待将低唤,直为凝情恐人见。欲诉幽怀,转过回阑叩玉钗。"

纳兰当时的心情、神态，在词中表露无遗。但后人谁又能去嘲笑他的痴情和哀怨呢？问世间情为何物？直教人生死相许。纳兰能够做到痴情不改，后人有多少可以拍着胸脯说自己也可以呢？

正是因为痴情和纯净，纳兰才敢于大胆地将自己的心事写入词中，与世人一起去看。他的心事，纯净如水，从未改变过。

有时，从此生死两茫茫，绝了心念，也好。

南乡子　捣衣①

鸳瓦已新霜②，欲寄寒衣转自伤③。见说征夫容易瘦，端相④，梦里回时仔细量。

支枕怯空房⑤，且拭清砧就月光⑥。已是深秋兼独夜，凄凉，月到西南更断肠。

【注释】

①捣衣：古人将洗过头次的脏衣服放在石板上捶击，去浑水，再清洗。明杨慎《丹铅总录·捣衣》："古人捣衣，两女子对立执一杵，如舂米然。尝见六朝人画捣衣图，其制如此。"②鸳瓦：即鸳鸯瓦。③寒衣：冬天御寒的衣服。自伤：自我悲伤感怀。④端相：细看，端详。⑤支枕：将枕头竖起、倚靠。⑥清砧：捣衣石的美称。

【赏析】

古时捣衣，多在秋夜进行，试想一下，在一个寒冷的夜晚，四下悄无声息，只能听见萧瑟的砧杵声一下一下地响起，这是何等凄凉的意境。因此，在古典诗词中，捣衣往往用来表现征人离妇、远别故乡的惆怅情绪。而在这首词中，纳兰正是借捣衣这一动作，抒发了征夫怨妇的相思情怀。

"鸳瓦已新霜，欲寄寒衣转自伤"，词一开篇，作者就交代了时令：天气逐渐变凉，鸳鸯瓦上已经落满了秋霜，此时的思妇想要为远方的征人寄去寒衣，却又突然开始暗自伤怀。一个"转"字，说明妇人先前的心情并非"自伤"；但是一想到这砧板上的衣服是为远行在外的征人而捣，自然睹物思人，心中已是思念不已。

“见说征夫容易瘦，端相，梦里回时仔细量”。在这里，纳兰想象着思妇怀念征夫时所流露出的纤细感情：都说出门在外的人容易消瘦，不知道是否是真的，下次在梦里相见的时候一定要好好端详端详你。在纳兰所写的词作中，他不仅用种种的具体事物来表达抽象的恋情，更多的时候是通过这种虚幻的梦境来表达挥之不去的思念。

但是思妇并没有入睡，因为自己独守空房，既备感寂寞，也不免会心生胆怯，无奈之下，她只好通过在月光下擦拭捣衣之石来消磨时光。而此时“已是深秋兼独夜”，深秋独夜里，寒月、寒砧，伴随着一颗孤独寂寞的心，词到此处，我们似乎已经看到一个让人怜惜、同情的思妇形象跃然纸上。

尾句“月到西南更断肠”，进一步描写思妇内心中的相思愁苦。夜已经深了，又要与寂寞孤独相伴，连月亮都要落下了，怎能不叫我伤心断肠！

纳兰的这首思妇词写出了满纸的凄苦，可谓一首“断肠”之作。盛冬铃在《纳兰性德词选》中曾这样评价该词：“秋风一起，戍边军士们的妻子就要忙着为远方的亲人准备寒衣了。水边砧上，清杵声声，那月下捣衣的动人情景，也饱含着思妇们的深情，牵动了骚人们的诗思。纳兰这一首《南乡子》也是以此为题材创作的，且意境凄清，心理描写非常细腻，在众多的同题作品中，有其独到之处。”

金缕曲

生怕芳尊满[①]。到更深、迷离醉影，残灯相伴。依旧回廊新月在，不定竹声撩乱。问愁与、春宵长短。燕子楼空弦索冷，任梨花、落尽无人管。谁领略，真真唤。

此情拟倩东风浣。奈吹来、余香病酒，旋添一半。惜别江淹消瘦了，怎耐轻寒轻暖。忆絮语、纵横茗碗。滴滴西窗红蜡泪，那时肠、早为而今断。任角枕，欹孤馆[②]。

【注释】

①芳尊：精致的酒器，亦借指美酒。②角枕：角制的或用角装饰的枕头。欹：斜靠着。孤馆：孤寂的客舍。唐许浑《瓜州留别李诩》诗："孤馆宿时风带雨，远帆归处水连云。"

【赏析】

这首词为怀友之作：入夜起相思，酒不但不能排解愁情，只有孤灯相伴时，惆怅反而更胜。当时相聚的景象依然，但人却已经分离。愁情绵绵不绝，比这春宵还要更长。红花落尽，花枝萧疏，这花仿佛也是孤独寂寞；但是此时的人又比这疏花还要寂寞。唯有梦里才可与你相见。

请东风消愁不但消不得，反倒是添愁添恨了。本已为离别而瘦损，如今又偏逢这乍暖还寒的时节，于是就更令人生愁添恨了。当年我们一边品茶，一边低声说话，议论纵横；分别时西窗蜡滴红泪。这记忆如今想起，更使人伤心肠断。独自寄寓在孤独寂寞的会馆中，更感四周冷静凄清。

思念友人，最解忧的便是酒水了。就算是纳兰这样的翩翩公子，也抵不住相思的侵蚀，拿起酒壶，只求一醉之后，凡事忘却。"生怕芳尊满"，所谓"芳尊"，是指造型精制的酒容器，在这里则是借指美酒。美酒在手，却怎么也喝不醉，这真是让人难堪而又无奈的事情。或许是愁绪太深，太多酒都无法浇灭吧。

"到更深、迷离醉影，残灯相伴。"一直到更深露重、夜深人静时分，依然半醉半醒，无法安然入睡，残灯相伴左右，更显得自己孤立无依靠。借着酒意，看着外面寂静的夜色，无声无物，只有自己，置于天地之间，这份寂寥，无人能懂。

此刻，思念朋友的心情更加急迫，"依旧回廊新月在，不定竹声撩乱"。回廊上看天，月亮依然，洒落月光，四周竹叶随风摆动，声音扰乱人心，本就烦忧的心，更在这声声竹声中无法收拾。

所以，纳兰忧伤地自说自话："问愁与、春宵长短。"春宵苦短，这愁绪却漫长无期，"燕子楼空弦索冷，任梨花、落尽无人管"。燕子飞去，人去楼空，就算落花飞尽，也是无人打理。那空空的楼阁，如同纳兰空荡的内心，失去了居住的人，便显得格外空旷。纳兰珍视友谊，所以，他的友人远去，对他来说，实在也是一件愁苦的事情。

可是，这样的感情却并不是人人都能理解的，而纳兰也并不打算告诉别人，让别人为他分忧，“谁领略，真真唤。”只有自己安慰自己了。

“此情拟倩东风浣。”此情可待成追忆，这份对友人的思念之情，在春风的吹拂下，四处散去；但吹去又生，纳兰的内心，始终无法安宁。“奈吹来、余香病酒，旋添一半。惜别江淹消瘦了，怎耐轻寒轻暖。”分别也有一阵时日了，似乎在日夜的思念中，逐渐消瘦了下去；但纳兰并不在乎这样的消瘦，他只想早日和朋友相聚。

“忆絮语、纵横茗碗。”这些都是和朋友在一起的美好回忆，可是现今却是无法实现的梦想了，所以，纳兰想来，不禁泪流：“滴滴西窗红蜡泪，那时肠、早为而今断。”那时的美好时光中，他们怎么会想得到今日的分别呢？

分离总是让人痛苦的，纳兰生性忧伤，这痛苦让他无法承受。不过既然无法补救，那就只能依靠自己化解自己的愁绪了。“任角枕，攲孤馆。”这独自一人的忧伤时日何时才能够结束呢？

夜深时分，孤寂难耐，纳兰的苦，谁能探知呢？

浣溪沙

容易浓香近画屏①，繁枝影着半窗横②。风波狭路倍怜卿③。

未接语言犹怅望，才通商略已瞢腾④。只嫌今夜月偏明。

【注释】

①画屏：绘有彩色图画的屏风。②繁枝：繁茂的树枝。③风波：比喻纠纷或乱子。狭路：窄小的路。④商略：商讨、交谈。瞢腾：形容模糊，神志不清。

【赏析】

这首《浣溪沙》为爱情词，与大多数纳兰词的冷清凄迷不同，此首词主要描绘恋人初逢的场景，细腻柔婉，缠绵悱恻。

上片前两句写景，“浓香”“画屏”“繁枝”，后一句由景转到人，写的是男子看到恋人时微妙的心理变化。画屏逶迤，浓香扑鼻，树影横斜。窗半开着，女子露出头来，微风过处，杏花微雨，不禁让窗外急切赶来的人更生怜爱。

此处，纳兰并没有对女子的容貌进行描写，而是通过描写周围的景物，让我们展开想象：窗后的女子，该是宝钗笼髻，红唇朱粉，或轻颦，或浅笑，或娇嗔，可谓梨花一枝春带雨，薄妆浅黛总相宜，如此那般，不可方物。

再说相逢的场面，“风波狭路倍怜卿”。作者没有用动作描绘，而是从心理入手，看到小轩窗后面焦急等待自己的恋人，在恋情面前不顾险阻的恋人，让前来赴约的纳兰更生怜爱。

风未必大，夜未必冷，但是看到有人在等着自己，窗半开着，香静静燃，女子在枝干的那头隐隐可见，安静或者焦急地等着纳兰前来赴约，所有的东风恶，世情薄，雨送黄昏，都是两个人一同走过。日子天天过，比流水的消逝、落花的凋零更快，但是有几对恋人能够怀着热切的爱情与期盼，一直并肩走下去？

纳兰与恋人虽情投意合，且密有婚姻之约，但他的父母也许不赞成。他们的恋爱形迹落在他们眼里，引起他们的嫉妒，遂硬将他的恋人报名入宫，来断绝他的念想。但我们通过前文得知，在那之后，纳兰也曾偷偷混入宫中与恋人见面。

也许我们可以相信即便是入宫，纳兰与恋人仍然是抱着微渺的希望，认为他们依然有前路可走，爱情的力量最后会战胜一切。所以当见到等候自己的恋人，勇敢和自己一起追求真爱、对抗“风波”的恋人，纳兰的心里对她更加怜爱。

下片紧接上片。对相逢场景进行描绘。“未接语言犹怅望”，可以想象是女子从树影中看见我已经到来，轻声唤我。或者两人是太久没有见面了，或者沉迷在这幅美丽的图画中不能自拔，忘记了怎么说话，要说什么话，只是呆呆地望着。“才通商略已瞢腾”，才开始交谈，纳兰就已经沉迷陶醉、忘乎所以了。末句“只嫌今夜月偏明”，将描写的视角由叙事转到场景上。“月偏明”，月亮稍稍亮了一点，月亮偏偏是亮的。这小小的抱怨，让纳兰内心深处的欢心喜悦更加暴露无遗。但是正是因为月明，才需要更加小心，这又造成纳兰内心提心吊胆的情绪。心理的几重复杂，生动传神。

或者天不从愿者太多，在爱情里波折的纳兰，连见恋人一眼都需要扮成喇嘛偷偷入宫。其实曾经的两小无猜、兰窗腻事，都因鸳鸯零落不复存在了。但是情难忘却，恋人被选入宫，纳兰仍然抱着她会被放出来、他们能够团圆的希望。而此次与恋人的会面又更坚定了他的信念，这就加深了他后来的苦痛。

正是，往事不可再来，袖口香寒。

采桑子

那能寂寞芳菲节[1]，欲话生平。夜已三更。一阕悲歌泪暗零[2]。

须知秋叶春花促，点鬓星星[3]。遇酒须倾，莫问千秋万岁名。

【注释】

①芳菲节：花草香美的时节。②一阕：一度乐终，亦谓一曲。宋欧阳修《晚泊岳阳》诗："一阕声长听不尽，轻舟短楫去如飞。"悲歌：悲伤的歌曲。③星星：形容白发星星点点地生出。

【赏析】

这是一首写于春天的词。

春季本应是万物复苏的时节，词里却叹出"寂寞芳菲节"，花草香美，却备感无聊，因而与友人话起了生平。夜至三更，谈到有感而发，禁不住弹唱一阕。悲歌低吟浅唱，竟引得清泪暗零。

暮春之时，悲歌一曲，化作对时光流逝的阵阵感叹。这个多情细腻的男子，一曲悲歌，就能够让泪轻弹，有人说，这是否太过女子？一个真性情的文人，并不晦饰压制内心情感，毕竟他那么浓的伤悲、用情至深的感情，叫他隐忍于心恐怕会郁结成疾。真是直率之人，才可泪轻弹、用情真。

泪为什么而流？春花秋叶，季节更替，年复一年地催促时光流转，人亦由少到老。恍惚间，见那鬓角，已增了白发。这"星星"二字，代指白发星星点点。谢灵运之诗"未厌青春好，已睹朱明移。戚戚感物叹，星星白发垂"也是同样的感慨。心有戚戚感叹事物变迁，星星白发已然暗生，年华蹉跎。物换星移，不胜今昔。人生如此无常，时光的流逝，比流水无情，比落花有声，转瞬即逝。

最后感慨，有酒须饮才是，何必要问那"千秋万岁"之名。功名再有为，仍旧是春梦一场，如今夜已三更，春梦也该散尽。难怪，这一阕悲歌，引得如此愁情满腹，不胜凄凉。

“遇酒须倾，莫问千秋万岁名”一句低吟，与李白《行路难》中的名句“且乐生前酒一杯，何须身后千载名”异曲同工，但纳兰的态度是否是及时行乐就有不同见解了。有人评论说这是及时行乐的夙愿，历经官场劳累，倏然发觉劳碌一生，年复一年跟着时光颠沛流离，至今除去白发暗生以外，一无所有。可叹可悲，追逐一生，到底得到了什么？既然功名利禄如此虚妄，时光流逝丝毫不会顾及它们的情面，又何必非要为此虚妄之物而奋斗终生，忙碌不堪？人生得意须尽欢，纳兰生在富贵，可安享荣华，便“莫使金樽空对月”罢了。

另有一家意解为这“遇酒须倾，莫问千秋万岁名”，念的是百般萧条的凄楚，是纳兰对这半辈子生活的反思。奋斗半生，两手空空，生活的还是禁锢的人生，身在皇城，身不由己，任由命运摆布，随风飘摇。直至鬓角已有白发，还未意识到时光流逝和生活浮躁。恍惚间，似是突然加快步伐，让人恐慌不已、怅然若失了。

两家之言，孰是孰非，并不要紧，重要的是纳兰“欲话”之“生平”，让人更觉他的难能可贵。男儿之身历来总要被功名束缚，碌碌一生，难得这本可安享荣华的贵公子，竟能看穿浮名，不重富贵，确是出水之莲，纵看当年，确实少有。

岁月匆匆，一阕悲歌恰巧击中这才子心内的柔软地，禁不住泪流，喟叹人世苦短、世事虚妄。

采桑子

海天谁放冰轮满[①]，惆怅离情。莫说离情，但值凉宵总泪零[②]。

只应碧落重相见[③]，那是今生。可奈今生[④]，刚作愁时又忆卿。

【注释】

①冰轮：月亮，圆月。②凉宵：景色美好的夜晚。③碧落：道教语。指青天、天空。④可奈：怎奈，可恨。

【赏析】

惆怅离情，莫说离情，那是今生，又可奈今生，细细吟诵这样一首词，已分不清身处良宵抑制不住愁思万千的是我还是他。纳兰啊，寥寥看似无意的几笔，就能让人卷入他缠绵的愁绪和恰到好处拿捏有度的情境里。夜空安宁静寂，圆月高悬，本应是如水的温柔景色，佳人却已远离人间，这尘世之景，又哪有心欣赏？月圆了，家却静了，鸟归了巢，她却再不回来与家人招手微笑。

满心满意都是爱人满眼的温柔，今生的体贴，难忘的惦念，共同生活扶持的日子，有她的笑影啊、身姿啊，和那溢了书页的余声啊，叫他今生如何忘记？这匆匆逝离的生命，该有多少的遗憾和来不及，念不完的唠叨，做不完的家事，看不完的书卷，喝不完的香茶，和那难分难舍的情谊！对着月圆静夜，伫立窗前，每每念及，禁不住那涌动的愁绪，怎剪得断，不忍遂离的那不舍。

可否不再看那夜空，可否不再见那皓月，合窗罢了，不能再这样痴迷于思念里。倘若一直这么对着万物优雅，叫人如何克制得住那清泪涟涟。打湿了衣襟，拂手拭面，下一秒还是泪痕尚未干去又已泣不成声。你说这自然界的美好啊，该如何睁眼去看，你说这万千的动人啊，该如何去品拾，良宵再美，没有你在，意义为何？

但是又如何相见呢？只有去到那天空里，才得以再度执手携行么？然而天又这样深远，愣是如此注视着，努力寻找入口，也无法看到佳人身影一现。才明了，今生，恐是无缘再相见了。忍不住掩面垂首，难耐凄凉。

这痛失你的悲楚，因你而起，又在无边愁绪里，对你不可遏制地思念起来。

纳兰啊，你此情此景，念的是这般呓语般沉痛的思念啊！

卢氏是再也无法回到他的生活里了，良宵美景也都是赘余的了，眼里的水都是苦水，眼里的树都是枯树，对于他来说，那一起住的屋子是记忆，那泼茶的余香是缅怀，那共赏的花草是思念，周围的环境里，放置着太多太多曾经并肩行走、共同扶持的提示物了。离别无意，将那一切化为了勾起愁思的引子，思念无意，将生活的重心，迷失在了无边的惆怅里。

挥笔头句就是无奈的质问：是谁在夜空里缀了那么个皎洁的圆月？匆匆一瞥就不禁要令人惆怅起来。美景如水，荡漾的是如烟的轻柔，倒映的是清晰的内心模样。这惆怅离情，倏然浮起了。正像是东坡痛心念道：“料得年年断肠处，明月夜，短松冈。”这明月夜，大概总有些伤情之景，月亮于是成为文人墨客最见不得又最想见的忧愁了。清冷的月亮，短短的山冈，痛断柔肠，也逃不出那思念成疾的时光。而对纳兰来说，这“莫说”又着实是真心么？思念愁苦，离别沉痛，只是倘若不说，他难道就能逃离了触景伤情，丝毫不会念及？这“莫说”二字，像是自言自语，想忘却难忘，想那愁绪停止又无力控制，无奈无奈，说什么才好啊，也只能自己对自己暗许，不再说了，不再说了，唯独思想不停息，无休无止地沦陷在暗黑的沼泽。值良宵而泪零，又有什么办法呢。不思量，自难忘，只是恐怕你越是努力逃离那愁苦，越是将眼眸停在过往的缠绵之中了。伤时悼亡，人同事物之间，同悲同喜，情也是更加深重了。

既然无力逃脱记忆的深渊，他就只能寻求一些希冀。今生最想实现的事情，不过是再见一面，再走一遭，却已是天上人间。纳兰明白，只应碧落，才有重见的可能，可今生，又如何去到那里啊！她依然消失于人世，他只能遥望不舍。这希冀他大概是想了一千遍一万遍，却怎么也没能想清吧！相思相忘却不相见，故人故情啊！纳兰啊，你怎么就这样执着于这无法实现的重聚呢？可奈可奈！因触景而伤了情，因伤了情，又再回忆已亡人，这个无限循环的怪圈，就这样将一个人折磨得容颜憔悴。

这个多情的男子，该如何逃离那无边的寂苦，该如何逃离那悲楚的回忆。离别的时候，一个人烧纸成灰，离别以后，还要一个人吞咽苦水，对着美景，也是泪水不止。人生这件事，说长不长，说短不短，只怜惜这些多情重情的人，对于逝去的人事，无能为力，又百般苦痛。

生死之事无人可以毫不畏惧，分离之苦也道不清那苦涩的滋味。亲密的人离世，如同身体里骤然被抽空了一个巨大的位置，空缺的那个影子，无人能够填补，也不知该如何愈合，只能静待时间，将痛失之苦冲淡一些。

倘若她于碧落能够听见他的浅诵，大概她也会清泪涟涟，祈求时光的力量，能够让他不再那么苦痛吧。

采桑子

白衣裳凭朱阑立[1]，凉月趖西[2]。点鬓霜微，岁晏知君归不归[3]？

残更目断传书雁，尺素还稀。一味相思，准拟相看似旧时[4]。

【注释】

①朱阑：即朱栏，朱红色的围栏。宋王安石《金山寺》诗："摄身凌苍霞，同凭朱栏语。"②凉月：秋月。趁西：向西落去。③岁晏：一年将尽的时候。唐白居易《观刈麦》诗："吏禄三百石，岁晏有余粮。"④准拟：料想、希望。

【赏析】

秋日天已微凉，风愈渐萧瑟，人也变得踌躇怀旧。

脑子里故人还身着那白色的衣衫依靠着朱红栏杆，秋月带着凉气洒着冷艳的光向西落去，思绪同那皓月一并沉下来。思念渐深，纳兰眼看鬓角浮起点点的霜白，乱了心绪。年已至末，不知道故人归不归。一声声自问，湿了衣襟。更漏都已滴尽，他亦望穿天际，日日企盼传书的鸿雁，等的书信却迟迟未至。只能一味地思念，料想着，相见的时候故人依旧是迷人的旧时模样。

显然，这是岁末怀人之作。怀的是谁，却多猜测。是久思未见的初恋，还是亡故的妻子，抑或红颜知己沈宛，又或者是挚友贞观？读来是五味杂陈的思念，像着了过量的盐，尝来有了涩味。

细品这词，颇有意味，善于用典的纳兰，仍旧在短词之中巧妙化用了前人的诗句。词中上片的首句就是取自明代王彦泓的《寒词》，文曰："从来国色玉光寒，昼视常疑月下看。况复此宵兼雪月，白衣裳凭赤栏干。"

下片借大雁这一意象来抒发苦等书信的一味相思。大雁有典，取自《汉书·苏武传》。相传当年苏武出使匈奴，被扣留匈奴十九年，后汉使者对匈奴单于说，汉天子上林苑打猎时，打获大雁一只，其脚系有帛书，上写着苏武在匈奴何处，因而匈奴单于放苏武回到汉朝。大雁本是种候鸟，每年秋天要飞往南方过冬，古人掌握这个习性后，通讯不发达的当时，人们也能够通过大雁来传送书信了，因而有了"鸿雁传书"一说，大雁这个意象也在诗歌中蔓延开来。文人写雁，用以表达思乡怀人的情思。

最后，末句引用宋时晏几道《采桑子》："秋来更觉销魂苦，小字还稀。坐想行思，怎得相看似旧时。"秋来销魂之苦，苦之深，思之切，叫人乱了心绪，坐想行思，怎么也无法躲避开这纷乱的回忆和对故人的相思。

纳兰这词，清清婉婉，秋景静美处，读之如确实能见到纳兰身着秋衫伫立窗前，看月色西沉，盼雁回信至，读来痛心，也觉孤苦。天下苦情之人不少，如此日日夜夜，任世事洪流都冲不掉的思念痴心至此，凄婉之中，更欲垂泪。世事如风而过，故时旧人，穿越岁月洪荒，终究已不在眼前，只能凭空回忆——好似你还站在那里，朱栏依旧，人事依旧，再见你，朱颜不改，情谊仍在。

眼儿媚　中元夜有感

手写香台金字经[①]，惟愿结来生。莲花漏转，杨枝露滴，相鉴微诚。

欲知奉倩神伤极，凭诉与秋檠[②]。西风不管，一池萍水，几点荷灯。

【注释】

①香台：烧香之台，佛殿之别称。②秋檠：在秋日里拱手跪拜。

【赏析】

读感于中元夜所作之词，必应先知何谓“中元之夜”。中元节即“盂兰盆节”，现今俗称“鬼节”。唐时韩鄂就有《岁华纪丽·中元》记载：“道门宝盖，献在中元。释氏兰盆，盛于此日。”说的就是这中元节。根据旧俗，农历七月十五，百姓应于水面上放荷灯，以奠亡灵。以灯火形式来祭祀先祖已不是稀罕事了，人们似乎都愿相信，鬼魂归来故里，需要灯火指路。有趣的是，这盂兰盆节传言在日本也盛行，他们将火盆置于门口，在室内悬挂灯笼，以给亡灵引路。实际上与荷灯相通。

古人大多在中元节祭祀亡故的亲友。

纳兰作此词时卢氏刚亡故不久，又正值祭祀之日，近年陪伴之人，恍然竟成吊唁之人，怎能不泪零。伤怀处，亲手用金泥抄写金字经，即佛经，一遍一遍，虔诚写那经文，絮絮地祈求，唯愿来生，还能与其再续今生之缘，再结连理。要知自妻子卢氏亡故以后，纳兰对佛学的研究愈加痴迷。也难怪，困于情伤，痛于生死，自会萌生了净化、自慰之心。痴情无奈，苦困相思，只能反复苦写不停，企盼那来世之缘，精诚所至。但不禁揣摩，纳兰是真信了那来生之说吗？还是仅仅聊以慰藉而已？

只想数着莲花漏的漏滴、杨枝的露水，表明我的心意，一分一厘，都是诚恳深情、真诚祈求。两个典故，取自佛家之说，深刻了心意实诚，让人感动不已。

莲花漏是古时计时器之一，一点一滴，日复一日，纳兰诚心的祈望，正似这漏滴点点，掷地有声的不是他的清泪，而是深情款款。

杨枝水喻指的则是能使万物复苏的甘露。《晋书》中流传下来的典故说，石勒之子石斌暴病而终，石勒请来的高僧用杨枝蘸水滴在他儿子身上，这甘露竟真的使石斌生还。这里表达的是深切的愿望，即使死生之遥，仍痴心不改。

欲说还休，对那佛堂之中的神明诉说：要知道我诚心供奉，伤痛之至，浮在秋水上的荷灯，自能证明我的痴情我的诚挚——言语之中，好似有万千愁绪不被理解，只能观景寻找依托之物。想象那场景，渺小的荷灯浮于苍茫的秋水上，微光寂寥，正似纳兰心中此时的百感交集、踌躇万千。这相思，这离愁，这回忆，又有何用呢？故人不再，天上人间，何似当年。

最后一句，更是让人悲恸万分。“不管”一词，读来备感西风无情。“一池萍水，几点荷灯”，甚是孤寂。又让人想到“萍水相逢”，“萍”是水上漂浮不定的浮萍。看秋水为那一池“萍水”，纳兰暗比自己是无根之萍，只得飘荡于这无边的惆怅中。爱人已故，自己唯似漂泊客。

无情的西风和寂寥的池中荷灯很是不协调，却总有些抑郁在心头。这收束之语，说得无限清冷，却自有冷语之妙。无情之风，反倒让荷灯秋水带上了更悲恸的思念。

吾心有情，流光无情。

鹧鸪天　离恨

背立盈盈故作羞，手挼梅蕊打肩头①。欲将离恨寻郎说，待得郎来恨却休。

云淡淡，水悠悠，一声横笛锁空楼②。何时共泛春溪月，断岸垂杨一叶舟③。

【注释】

①手挼：用手揉弄。梅蕊：梅花蓓蕾。②横笛：笛子。即今七孔横吹之笛，

与古笛之直吹者相对而言。③垂杨：垂柳，古诗文中杨与柳常通用。

【赏析】

纳兰这首小词，借女子的形象和心态抒写“离恨”，通篇都用白描，不加雕饰，显得朴素而清丽。

上片是在追忆往日的幽会，纳兰用轻盈笔触描画了女子娇嗔佯羞的形象，情意婉转但遣词造句间并不让人觉得刻意雕琢。

“背立盈盈故作羞”的“盈盈”二字的确灵动精巧，将词中女主角的风姿、仪态之美妙动人浓缩在其中。《古诗十九首》之二有这样的诗句：

青青河畔草，郁郁园中柳。

盈盈楼上女，皎皎当窗牖。

娥娥红粉妆，纤纤出素手。

形容词叠字“青青”“郁郁”“盈盈”“皎皎”“娥娥”“纤纤”被顾炎武《日知录》誉为和《诗经·卫风》“河水洋洋”一样连用叠字“亦极自然，下此即无人可继”。这里用“盈盈”二字，让人不免想起《古诗十九首》中这位娇美、轻盈、光彩照人的女子。

“手挼梅蕊打肩头”是极能体现纳兰词风的一句化用。女子纤纤素手揉碎了梅蕊，抛向情郎肩头，嗔怪之情与娇羞之态相融，此情此景必是旖旎万分。北宋晏几道《玉楼春》一词中有“手挼梅蕊寻香径”，明代诗人王彦泓诗中则有“大将瓜子到肩头”。

纳兰词这句中七字，可以说均是化自他人诗句，但比小山词多了分娇羞风情，比彦泓诗多了些静好端庄，不偏不倚正是纳兰境界。赵秀亭在《纳兰丛话（续）》中便这样评价：

“性德词多用王彦泓诗中语，而每能化污为洁，转浊成清。其‘手挼梅蕊打肩头’，即自次回‘大将瓜子到肩头’出，然一雅致，一俗恶；一写闺中静好，一状楼头娼女，情趣高下，了然可见。性德偶有绮腻语，如‘一晌偎人’云云，亦袭用前人而已，就其总体看，则有挚情而无滥欲，词品高华，固非彦泓可及。”

说得刻薄，确是实话。单就这篇而言，上片四句，酷似李煜词“绣床斜凭娇无那，烂嚼红茸，笑向檀郎唾”（《一斛珠》）所描绘的情景，而在香艳中更觉清新，在婉丽处又现俊逸。

下片转笔写眼见耳闻之景，淡淡之云与悠悠之水，伴和着耳畔的笛声，更烘托出离恨的凄苦。“一声横笛锁空楼”写笛声萦绕在空寂的阁楼中。一个“锁”字形容笛声不绝，仿佛凝滞。笛声与梅花，向来是诗词中道尽凄清的意象，观梅闻笛，便勾起古往今来多少人的愁情。唐朝崔道融就有《梅花》一诗：

数萼初含雪，孤标画本难。香中别有韵，清极不知寒。
横笛和愁听，斜技依病看。逆风如解意，容易莫摧残。

笛声总是清冷空幽，而此时又是离别在即，相见无期，让人怎能不满心愁绪。

结句以虚笔勾画了一幅月夜春泛的美妙图画，并以此虚设之景，进一步抒发了离恨的心曲。“何时共泛春溪月，断岸垂杨一叶舟”，想象中的良辰美景，更衬得当下的离别之苦不堪忍受。

古时不比如今，车行不便，一别之后有可能就是余生难再相见，时间，距离，生死，再如何情比金坚，在这样的刁难前也都只能面对。纵是帝王，李煜也要说“离恨恰如春草，更行更远还生”，放之纳兰，又能奈它何。

浣溪沙

已惯天涯莫浪愁[①]，寒云衰草渐成秋。漫因睡起又登楼[②]。
伴我萧萧惟代马[③]，笑人寂寂有牵牛[④]。劳人只合一生休[⑤]。

【注释】

①浪愁：空愁，无谓地忧愁。②漫：副词，莫，不要。③萧萧：形容马嘶鸣声。

代马：北地所产良马。代，古代郡地，后泛指北方边塞地区，《文选·曹植〈朔风诗〉》："仰彼朔风，用怀魏都。愿骋代马，倏忽北徂。"刘良注："代马，胡马也；忽，疾也；徂，往也。言驰胡马疾行而北往也。"④寂寂：形容寂静。牵牛：即牵牛星，俗称牛郎星。⑤劳人：忧伤之人。《诗经·小雅·巷伯》："骄人好好，劳人草草。苍天苍天！视彼骄人，矜此劳人。"高诱《淮南子》注："劳，忧也。""劳人"即忧人也。

【赏析】

身处塞外，秋意渐起，那一夜的纳兰一定过得郁闷无比，不然怎会把词写得如此凄凉甚至怨气十足？

这一首小令，只有六句，却写出了纳兰的一生。身为御前侍卫，在别人看来是青云直上。而其中苦味却只有词人自己知道：一年到头的奔波，鞍前马后的侍奉，自己就像只木偶似的被那根无形的线支来拽去。亲人的聚少离多，爱情的支离破碎，理想的遥遥无期，怨愤终于在这个特定的地点、特定的时刻爆发出来……

首句"已惯天涯莫浪愁"，"浪"是"空自、白白"的意思，这句一上来便有种自怨自艾的味道。愁什么呢？天遥路远早就习惯了。满腹牢骚就这么冲口而出。

接下来"寒云衰草渐成秋"。从字面上看，是从心理描写转到景物描写，其实这是用第二句来强化第一句所传达出来的情绪，意思是说：这样的日子总也没个头，看现在天又冷了，草又衰了，消磨消磨地又是一年过去了。

"漫因睡起又登楼"，这句动作描写实则还是起着传达情绪、深化情绪的作用。"登楼"是诗词中的一个套语，若追溯回去，怕是要从王粲的那篇《登楼赋》说起。

《登楼赋》是王粲于建安九年（204）在荆州登麦城（在现在湖北当阳东南）城楼所作。当时天下动荡，身为"建安七子"之一的王粲纵使文才卓著，也无奈生逢乱世，才能不能得以施展。他长期客居他乡，满心思乡怀国之情和怀才不遇之忧。在登楼远望之时，沧浪感慨之情一发不可收拾，于是便有了这一篇《登楼赋》。赋中抒情意味很浓，"忧"字贯穿全篇。后来，不但"王粲登楼"成了一个典故，历代文人墨客也总有登楼感慨之作，而且感叹的内容也少有跳出岁月蹉跎、壮志消磨这个圈子的。因而在纳兰的这首词里，这样理解自然是没有错的。

词人告诫自己，不要因为醒来的满心愁绪而又去登楼远眺。这一句，先是"又"

字用得好，轻描淡写就传达出了一种百无聊赖的情绪，“已惯天涯”的自己已经不知多少次梦醒凭栏了。而词人不愿睡起登楼的原因是什么呢？这更是一个巧妙之处：登楼远望，就忍不住思亲怀乡，这样的心理折磨，纳兰想必已经是不堪忍受了吧。

下片以一个对仗句说明自己的处境：“伴我萧萧惟代马，笑人寂寂有牵牛。”“代马”，严格意义上是指代地的马，代位于山西北部，古为代郡，这里的马很出名；但到了纳兰的时候，“代马”就只是一个泛称了，泛指北方的马。“牵牛”，就是稍读过中国传统故事的人都会知道的、那颗和织女星隔河相望的牛郎星。这两句是说：一生劳碌，陪伴我的只有身旁这匹老马，就连天上一年才能相聚一次的牛郎也在笑话我的形单影只。

这两句说得很是凄凉，尤其是第二句，牛郎织女一年一次相会本来就够凄惨了，但无论如何每年总有这么固定的一天，纳兰却连这一天都没有。想想家里的父母妻子，越想越情难自已。但想也没办法，回不去终究是回不去。最后这满腔怨望都化为一声叹息：“劳人只合一生休。”——认命般地放弃了。

“劳人”一词语出《诗经·小雅·巷伯》：“骄人好好，劳人草草。苍天苍天！视彼骄人，矜此劳人。”根据高诱《淮南子》注—“劳，忧也”，应该解释为“忧劳之人”，而不是字面上理解的“劳苦之人”的意思。也就是说，不一定是干体力活儿的、行役在外的人，只要心中忧劳，就是劳人。要说纳兰出身豪门，钟鸣鼎食，入值宫禁，金阶玉堂，平步宦海的前程从出生时起便铺在了眼前，但这种种别人羡慕不得的东西对他而言，却构成了一种常人难以体察的矛盾感受和无形的心理压抑。对职业的厌倦，对富贵的轻看，也都可以从这首词里窥得一斑。

最后这句“劳人只合一生休”是全词的高潮。

在写完这首词的两年后，词人终于郁郁而终：走完了自己短暂的一生，也印证了那时的一声感叹。

忆江南

春去也，人在画楼东①。芳草绿粘天一角，落花红沁水三弓②。好景共谁同？

【注释】

①画楼：雕饰华丽的楼房。②弓：旧时丈量地亩用的器具和计算单位。

【赏析】

《忆江南》单调共五句，二十七字。第二、四、五句押平声韵。唐段安节《乐府杂录》云："《望江南》始自朱崖李太尉（李德裕）

镇浙日，为亡妓杜秋娘所撰，本名《杜秋娘》，后改此名。"后因白居易词中有"能不忆江南"句，故改名《忆江南》。

《忆江南》小令词牌短小精致，可以说纳兰笔下这类作品为数不少。

这篇起句"春去也，人在画楼东"，用白描手法勾勒出一幅春之将暮、词人独立画楼凭栏远眺的图景，令人想起南唐后主李煜一曲《浪淘沙》：

帘外雨潺潺，春意阑珊。罗衾不耐五更寒。梦里不知身是客，一晌贪欢。

独自莫凭栏，无限江山。别时容易见时难。流水落花春去也，天上人间！

"独自莫凭栏"，李煜这一句能成为古今多少凭栏慨叹诗词的注脚。凭栏伤春，最能勾起文人墨客一腔愁绪，就像后主词中所说："流水落花春去也，天上人间"。水自长流、花自飘落，春天自要归去，而人生的春天也终有完结。都说"自古逢秋悲寂寥"，其实诗人才子每到春末，又何尝不是满心凄凉情绪？看历代伤春之作，无不是字字句句间包含着无尽的留恋、惋惜、哀痛和沧桑。

"芳草"二句意谓碧绿的芳草连到了天边，飘落的红花铺盖在茫茫的水面上。弓是古代的量度单位，时代不同，它所规定的长度亦有别。此处的"三弓"也并非实指，意在说是长长的一大片。

词人用"芳草""落红"二词突出了红绿对应给人的视觉带来的强烈冲击力，又使整幅画面绚烂生动。诗词中用这种手法写景状物的不在少数，最有名的应该是杨万里那首《晓出净慈寺送林子方》：

毕竟西湖六月中，风光不与四时同。

接天莲叶无穷碧，映日荷花别样红。

但纳兰这曲小令与杨万里诗在气象上毕竟不同。杨诗中“接天莲叶无穷碧，映日荷花别样红”一句，莲叶无边无际仿佛与天宇相接，既写出莲叶之无际，又渲染了天地之壮阔，气象十分宏大。而纳兰在描画芳草、落红时分别着以“粘”“沁”二字，便使得词中自有一种清丽幽婉情绪油然而生。

篇末落句“好景共谁同”，应是化自欧阳修《浪淘沙·把酒祝东风》一句：“今年花胜去年红。可惜明年花更好，知与谁同？”

词人用反诘打住，点到本旨。即春去也，人也天涯，孤寂之情难禁。再细品其“芳草”“落花”对句，既为景语，又是孤凄心绪的烘衬，使这五句小令含思悠婉、蕴藉绵邈。